拜託了！數學先生2
解開少女心的公式

・お任せ！数学屋さん２・

Shogo Mukai
向井湘吾
張鈞堯／譯

目次

推薦序

給自己一個對數學完全改觀的機會

◎陳安儀

我常覺得，台灣的學生普遍討厭數學，是一件很可惜的事。

還記得，剛上小學時，我最喜歡的科目就是數學。因為，每個科目在月考前，都要複習、默寫、背誦，唯獨數學不用。只要上課時弄清楚老師所說的內容，回家花一點時間演算，考試前就算完全不複習，也可以拿到很不錯的成績。

不過，高中以後，迷上文學的我，上課沉醉在永遠看不完的小說之中，於是數學成績開始一落千丈。再加上，越來越多的公式、越變越複雜的數字，讓我常常想不明白，log對我的人生有何意義？開根號、圓周率，究竟對我的人生有何影響？面對千篇一律的演算、練習、考試，數學變成了一項枯燥乏味的折磨。於是，大學聯考，我的數學只考了二十一分。

重考那年，在補習班裡，我遇到了一位很有趣的數學老師。他每週發給我們十個題目，既不要求大家一定要做，也不公布答案。只在隔週下課前，看看有誰解出了題目、用了什麼方法。這個「不算成績」、「非考試」的數學競賽，激起了我的好勝心。我幾乎每週都在為這十題數學絞盡腦汁，幾乎到了著魔的境界。隔年聯考，我的數學一躍而至七十一分，整整進步了五十分之多。

然而，說實話，當年的我雖然將「解數學習題」視為挑戰，也很享受邏輯思考的過程，但是我其實從未認真想過，除了考試需要、一些簡易的計算金錢、開銷，或是空間大小……可能在日常生活中用得到數學之外，高深的數學理論跟我們的生活，到底有什麼樣的關聯？

直到看了「拜託了！數學先生」系列，我才恍然大悟。原來，我們的生活中，真的到處充滿了數學：「質數」原來是設計密碼鎖的元素；而音樂裡音階的震動頻率，也跟數學息息相關；更別說「希臘神像」中的黃金比例、埃及金字塔的周長與高度、估算一座山、行銷廣告的計算……在在都是數學。甚至，宇宙中有許多的祕密，都早已藏在數學之中。數學，不僅只是邏輯思考，或許更是人生中很多問題的答案。

《拜託了！數學先生2》，描述喜歡數學的男孩宙遠去美國之後，原本數學並不在行的遙，勇敢接下了「數學屋」的解惑工作。而且，頭一個找上門來的，竟然是一個「拒學」的難題。然而，遙在和好友共同思考的幫忙之下，不但成功運用數學解決了「文化祭」時班上要「開店」或是「表演」的難題，還替文化祭做出了一個「黃金比例」的拱門，更替聽美找到了上學的動力。

台灣一般書市上，甚少有關於「數學」的少年讀物。《拜託了！數學先生2》不但融合了數學與小說，也同時觸及青少年的友情、愛情、學業、活動與「尋找生命意義」的艱深課題，是一部非常精采、細膩的少年小說。它深入淺說的解說，不但讓我終於弄懂了什麼是「遞迴關係式」、「四次元」，也第一次接觸到了「黎曼猜想」、「龐加萊猜想」這兩個數學名詞。如果你喜歡數學，千萬別錯過這系列小說；如果你不喜歡數學，那麼更應該看看。給自己一個對數學完全改觀的機會——你會發現，數學真的不是普通地有趣啊！

問題一

試決定文化祭的參加項目

數學這種東西，在人生過程派不上任何用場。

直到不久前，天野遙都這麼認為。

數字與英文字母排列的方程式。即使不知道x等於多少，也不會影響到晚餐材料的購買。

重疊四角形、三角形或圓形等形狀的圖形問題。即使求出AB邊的長，也不會交到新朋友。

和班上同學交談時，從來不曾用過「整數」或「自然數」這種名詞。也沒看過有人計算骰子擲出來的點數有幾種。

數學屬於特別的世界，和日常相隔甚遠，就算學會也沒有意義。遙對此深信不疑。

然而，遙改變了。

自從她認識那名少年之後，光明就點亮了黑暗。

和日常結合、共生的數學，或許有足以拯救世界的強大力量。遙活了十四年，首度得以接觸到冰山一角。

多虧那名少年，遙改變了。她得以獲得改變。

……本來應該是如此。

「咦？收攤？」

女孩因為驚訝而變尖的聲音響遍寬敞的田間道路，叫聲短暫地留下奇妙餘音，最後逐漸消失在風中。收割完畢的玉米田，現在只是一塊裸露的土壤，往兩側延伸。

遙輕輕放下摀住耳朵的雙手。筆直地由上往下、優美襯在襯衫肩膀的頭髮，隨著風兒輕盈飄動。她微微鼓起左臉頰。

「等一下，真希，不要突然大叫啦。我的耳朵……」

「啊啊，抱歉抱歉。還不是因為妳突然開奇怪的玩笑。」

走在身旁的真希掛著笑容，在面前合起雙手。遙不知道如何回應，沉默片刻。尷尬的寧靜流過兩人之間。

「咦？難道說，妳是認真的？」真希一副戰戰兢兢的樣子問：「真的要收掉數學屋？」

遙沒回答。她只是一直看著泥土在柏油路面留下斑點、走得不能再熟的田間道路另一頭。平常看起來燦爛亮麗的朝陽，今天總覺得有點黯淡。

「因為……妳暑假都在鑽研吧？」

「嗯。可是，我還是做不來啦。」

暑假結束第一天早上，真希就突然聽到這個壞消息，遙有點同情她。

不過，這是沒辦法的事。遙也不是故意想整她。

國中生的暑假很長。真的很長。

七月結業典禮結束的瞬間，所有人都對展開在眼前、遼闊的自由草原雀躍不已。一天二十四小時，四十天就是九百六十個小時。九百六十小時的假期，幾乎是無條件平等賜給所有國中生。

有時候，「暑假作業」經常形容為擋在國中生和小學生面前的鬼門關。不過實際上，這種東西只要隨便做個樣子，或是向朋友借來抄就好。除了上補習班的正經學生，暑假是完全切除義務教育的最幸福時光。

國中生的暑假真的很長。

在這樣的狀況下，遙今年的暑假以光速度過。

明天開始放暑假！雖然如此開心，但是回過神來，已經是第二學期的開學典禮了。她這輩子第一次覺得九百六十個小時如此短暫。

「……我很努力了。」遙以臉頰感受著如同盛夏臨別贈禮的熱氣，低語說：「真的是努力到廢寢忘食。」

遠方傳來擠盡最後力氣的蟬鳴。田地另一頭並排的樹木綠葉茂密，活力絲毫未減。微溫的風吹過田間道路，但真希的短髮完全沒晃動。她晒成小麥色的臉蛋一如往常，看起來洋溢滿滿的能量。

「既然這樣，肯定沒問題喔。妳或許沒自信，不過試著開始之後，會意外地船到橋頭自然直。」

真希過於樂觀的這番話，遙完全沒回應，只是掛著苦笑。仰望天空，彷彿以顏料塗滿的鮮豔藍色一望無際。

暑假期間的白天，遙一直和同屬壘球社的真希在操場追著小白球跑。烈日高照或防晒措施都是其次，她們不顧一切地跑遍操場。三年級社員在七月底的比賽結束後退休了。真希就任為隊長，遙也理所當然成為社團的最高年級生。練習越來越吃重，每天都像是拖著身體踏上歸途。

不過，遙的能量不只用在壘球，她真正的戰鬥是從白天社團活動結束、傍晚回家才開始。

一片大大的葉子，踩爛在遙的鞋底下。

練完球之後，遙總是坐到書桌前。科目是數學，她長年以來的天敵。

她當然也想過自己不能老是這樣害怕數學，但即使如此，如果是以前的遙，應該不會不惜鞭策疲憊的身體也要打開課本吧。直到五月左右，她都對數學嚴重過敏，光是看到方程式就會頭痛。

這樣的她，認識一名少年之後改變了。

少年讓遙學會「真正的數學」。不是在考試拿高分或是用來考高中，不是表面上的數學，是和遙他們的生活更加密切結合、共生的數學。

多虧他，數學具備了意義。

多虧他，遙這輩子首次覺得數學有趣。

即將放暑假時，少年卻從遙的面前離開了。即使如此，數學似乎已經在遙的內心深深紮了根；她想要更認識數學，想要更活用數學。對於抱持這種想法的遙來說，四十天的暑假太短了。必須從頭開始學習的遙，該做的事情數都數不完。

到最後，她光是重看課本、抱著頭研讀從國中圖書室借來的數學書籍，暑假就不知不覺結束。遙自己都覺得這段日子毫無計畫可言，是學習失敗的範本。

真不順利……

如果是那個傢伙，應該知道更好的方法吧？

「……我想，我已經很清楚數學如何應用在我們的生活了。」

遙說著，嘆了口氣。

「不過，實際上能不能自己解題是兩回事。再怎麼精通壘球戰略，也不一定能親自打出全壘打，對吧？」

麻雀在樹梢悠哉鳴叫，彷彿在為一天的開始而喜悅。相對地，遙一臉消沉地告訴好友，數學屋已經結束營業。

真希沉默了片刻，接著，她以鞋尖輕踢小石頭，咧嘴一笑。

「可是，不需要大家都打出全壘打吧？」

「咦？」

什麼意思？遙還沒開口問，真希就往前跑走了。她彷彿背上長出翅膀般，輕盈地奔跑。

「好了，從今天開始要上學了耶！可以見到班上的大家，就別露出那種苦瓜臉了！」

真希邊跑邊轉身大喊，朝著遙大幅揮動她柔韌的手臂。這個人總是這樣，爽朗得不可置信。

太陽正逐漸往上爬。雖說進入九月，但氣溫應該會毫不客氣、毫不留情又毫不保留地繼續攀升吧。真希快樂地奔跑，足以令人忘記這種小事。

哎，算了。就算跑完會熱，到時候再思考該怎麼辦吧。

遙追著真希的背影往前跑。全速跑向同學們等待的學校。

雖說長達四十天的漫長暑假結束，但也不會像是打開電視一樣突然正常運作。第一天只舉辦開學典禮，不上課。第二天之後也暫時都在回收暑假作業或聽老師閒聊，幾乎不會打開課本。遙並不討厭暑假結束特有的、像是慢慢為引擎暖機的氣氛。能夠委身於悠然流逝的時間，遙覺得這是鄉下孩子的特權。

回過神來，第二學期開始到現在不知不覺就過了一個禮拜。

「老師們也終於擺脫暑假的痴呆症狀了。四十天沒上課，調整回來也不輕鬆啊。」

擔任班導的英語老師——木下老師笑瞇瞇地這麼說。老師不到三十歲又英俊，因為這種易於親近的言行，特別受到女生的歡迎。

「所以，這段時間交給妳們兩個，我要休息。拜託啦。」

老師自己將椅子搬到教室前方的窗邊，一屁股坐下。真希站在原本是教師專屬的黑板前方，露出苦笑。

今天最後的第五堂課是「綜合學習」。簡單來說，就是以班級為單位隨意使用的時間，可以上輔導課補足延宕的進度，或是作為以自習為名義的自由時間，但是今天不同。

這個季節的風情畫。說到東大磯中學的秋天，非此莫屬。

「那麼，正如昨天LINE的聯絡所說，今天要討論鳴立祭。」

真希雙手撐在講桌，探出上半身。所有同學原本懶散趴在書桌，或拿墊板往臉搧風，變得像是動物園的白熊，眼神頓時發亮。遙的內心也像飛魚般躍動。

鳴立祭。

這三個字的魅力，足以將殘暑的懶散與念書的煩悶全拋到九霄雲外。東大磯中學最大的活動，也是長達兩天的慶祝活動：秋季文化祭。

「今年的鳴立祭也辦在十月下旬的週末。好像還很久，但意外地就在眼前喔。」

站在真希身旁的男生秀一，翻開資料夾裡的文件。

「要使用體育館的舞台表演還是開店，我們班也必須做個選擇。活動要點提到，舞台預約到本週末截止。」

秀一以白色粉筆在黑板寫下「表演」與「開店」幾個字。細小的文字和大黑板格格不入，座位在最後面的遙實在看不清楚。

秀一是管樂社的男同學。日本引以為傲的灼熱八月明明才剛過，他的臉卻白到令人有點擔心。真希經常形容為「像是餐具的顏色」，這句話一點都沒錯。他和晒成小麥色的真希站在一起，更是凸顯皮膚多麼地白，再加上個子高瘦，從短袖上衣露出的手臂像是女生般修長又漂亮。

手臂那麼細，樂器應該也拿不穩吧？遙原本這麼想，但是這種擔心是多餘的。聽管樂社的朋友說，秀一是指揮。

遙他們所在的二年B班，秀一與真希是鳴立祭執行人員。接下來的兩個月，班上將以這兩人為中心行動。

「我想最好的方法是少數服從多數，不過突然表決也有點強硬。基於民主理念，我認為應該先自由發表意見。盡量讓全班接受結論是最理想的結果。」

秀一使用一些艱深的字句，精神百倍地說。他以細得幾乎看不見瞳孔的雙眼環視教室。

「那麼，開始討論吧。方便聽聽大家的意見嗎？」

表演還是開店嗎？遙托著臉頰，回想往事。

去年的這時，確實也有相同的討論。當時是一年級，所以不明就裡地決定演戲，也沒經過充足的練習就迎接當天的到來。走一步算一步的舞台表演，理所當然以大失敗落幕。

不過，現在是二年級，只要大家活用去年的經驗，肯定能夠迎來更好的鳴立祭。

遙從現在就開始很期待，忍不住輕聲一笑。

就在這個時候。

「我還是想上舞台演戲。絕對很有趣喔！」坐在教室中央座位的女生充滿自信地說。

「可是啊，戲劇的練習很辛苦吧？」

「或許吧。不過相對的，當天會有空閒喔。開店的話，時間都會花在顧店上。」

某個男生有點不滿地回嘴，另一個女生馬上反駁。

咦？發言的人不用先舉手嗎？

遙抱持疑問的這時，已經來不及了。

「難得一年一次的鳴立祭，多花點時間準備也沒關係吧？」

「如果開店，一邊聊天一邊工作好像很好玩，可是……」

「話說回來，演戲好玩嗎？」

前面、後面、窗邊、牆邊，四十張嘴講自己想講的話，任性地動了起來。嘰嘰喳喳，嘰嘰喳喳，沒完沒了。話語的漣漪撞在一起，轉眼陷入大混亂。

這麼一來，和一年級那時候一模一樣。

遙好想抱住頭。在爭吵之前，明明有更該做的事……

「暫停，暫停！」

話語都混在一起、快要辨認不出什麼是什麼的時候，真希拉開嗓門制止。剛開始，真希的聲音也只是融入喧囂之中。但隨著她反覆大喊，講話聲一個個減少，音量逐漸降低，最後變得鴉雀無聲。

「發言的時候，至少每個人照順序來吧。」

真希用像是家長告誡孩子的語氣說。哪裡冒出輕輕的一句「那當然」，一直吵到剛才的幾個人則愧疚般移開視線。

氣氛一度打斷之後，就沒有人要發言了。沉默突然降臨，像是觀察彼此的緊張感漸漸開始充滿教室。這裡又不是戰場……遙雖然這麼想，但她自己也遲遲沒有開口的意思，在悶熱的教室縮起身子。

我也先觀望一下吧。

「遙認為呢？」

「啊？」

忽然被真希點名，遙頓時驚呼回應。她挺直背脊，眨了眨雙眼。清脆的偷笑聲籠罩班級，遙臉紅了。

真希不在意班上的反應，像是敲門般拍打黑板。

「果斷得出結論的方法，妳不是應該想到了嗎？『數學屋』店長？」

數學屋。填滿教室的氣氛稍微緊繃。學生都轉身瞥向遙。遙瞬間緊張了一下，卻立刻想起自己的立場。

……差點忘了。

我是數學屋的店長。那個傢伙託付給我了。

遙悄悄俯視旁邊沒人坐的座位。

數學屋。

這是以數學之力解決學生煩惱的煩惱諮商處。營業時間是週一放學後，諮商服務免費。

某次的諮商對象，是哀號缺錢的女學生。

某次的諮商對象，是苦於社員愛摸魚的隊長。

某次的諮商對象，是在戀愛道路迷惘的青春期國中生。

以數學的力量逐一拯救大家，這就是數學屋。

天野遙是這間數學屋的店長。

只不過，遙絕對算不上擅長數學。正確來說，這反倒是她不擅長的科目。她是代理前任店長，不得已接下職責。老實說，這是沉重的負擔。

所以，她明明已經想要關門大吉了……

「妳從剛才就像是搔不到癢處、一臉悶在心裡忍不住的樣子喔，是不是有話要說啊？居然悶不吭聲，一點都不像妳。」

真希講得像是理所當然，果斷到像是忘記遙是否擅長數學。

「怎麼樣？從『數學』的觀點，妳認為要先怎麼做？」

真希眨了個眼。笑臉完全沒變形，如同範本般的眨眼。

班上同學屏住氣息偷看遙，好像在等待她的下一句話。大家都在期待，對於繼承「數學屋」店長之名的天野遙有所期待。

可是，我沒有這種能力。因為我和那個傢伙不一樣，是不擅長數學的平凡國中生。

「我……」

「喂，等一下。還以為妳究竟要說什麼……」

遙準備開口的瞬間，黑板的方向傳來像是潑冷水的聲音，她不禁語塞。站在真希旁邊的秀一，以白皙的手拍打手上的資料夾。

「不能動不動就把時間用在這種玩笑話。我說過吧？一定要在本週做決定。」

「慢著，秀一，不需要講成這樣吧？」真希不悅般噘嘴，「『數學屋』至今解決校內的各種問題，你也知道吧？」

「沒錯，至今或許好幾次成功解決某些人的『煩惱』，但那始終是例外。」

秀一以細到像是隨時會折斷的手叉著腰，一臉正經八百地說。他的模樣過於斬釘截鐵，像是表達自己絕對不可能做錯。真希微微聳肩。

秀一恐怕是班上最一絲不苟的人。不曾有過遲到與缺席紀錄當然不用說，上課時更是積極發言，打掃的時候會把負責區域掃到一塵不染才停手。他不是壞人，並不被大家討厭……但是個性過於正經，是個經常做事徒勞無功的男生。

和這傢伙搭檔想必很辛苦吧。遙有點同情真希。

「總之，不能因為這種事中斷討論。」

「借點時間沒關係吧？只是聽聽看遙怎麼說。」

「我不用聽也知道。數學幫得上忙的場面有限。」

真希與秀一在爭辯。遙看不下去，嘆了口氣，抬頭緩緩環視周圍。同學看著事態進展，似乎難以決定應該支持哪個執行人員。

沒辦法了……

「我可以講幾句話嗎？」

遙靜靜從座位起身。秀一與真希停止爭辯，驚訝地轉向她。同學依然屏息觀望。

老實說，我不想引起大家的注目。畢竟我沒那麼擅長在眾人面前說話，數學也不像那傢伙那麼好。

可是……

要是數學就這樣被認為無能為力，我內心很不舒服。

「數學是我們的助力。隱藏在日常生活的各種地方。」

遙說完，秀一眉心微微一皺，看起來明顯不服氣。

「那是怎樣？我無法理解。」

「比方說……對了，秀一，你是管樂社的吧？」

遙緩緩踏出腳步，鑽過座位之間，走向黑板。秀一好像有點吃驚，卻立刻恢復為嚴肅表情。

「我是管樂社的沒錯，這又怎麼了？」

「如果沒有數學，就沒有現在的音樂喔。」

遙站在黑板前面，真希就立刻扔粉筆給她。像是接力棒在空中轉動的粉筆，遙單手「啪」的一聲接住。接得好，幸好沒漏接。遙內心鬆了口氣。

「弦樂器的琴弦長度和音高的關係，你應該知道吧？」

遙說完，從口袋取出手機，指尖敲打面板操作。秀一沒好氣地回應。

「彈長弦會發出低音，彈短弦會發出高音。我當然知道。」

「那麼，這個呢？」

遙看了一眼手機畫面，接著慢慢在黑板寫數字。她不習慣拿粉筆寫字，但還是盡量仔細寫，如同寫情書般一字字用心下筆。

她用掉整張黑板的寬度，完成這排數列。

1　1.06　1.06^2　1.06^3　1.06^4　1.06^5　1.06^6　1.06^7　1.06^8　1.06^9　1.06^{10}　1.06^{11}　1.06^{12}

「這是什麼？」

「是『十二平均律』，對吧？」

真希詫異地歪過腦袋，但秀一立刻回答。不愧是班上以及管樂社裡首屈一指的用功學生。遙笑著點頭，在排列整齊的數字下方加寫新的文字。

1　1.06　1.06^2　1.06^3　1.06^4　1.06^5　1.06^6　1.06^7　1.06^8　1.06^9　1.06^{10}　1.06^{11}　1.06^{12}

Do　Si　La#　La　So#　So　Fa#　Fa　Mi　Re#　Re　Do#　Do

「這是什麼意思？」

坐在前排座位的女生輕聲問。遙轉動手上的粉筆。

「如果將高音Do的弦長設為1，Si的弦長是前者的一・〇六倍，La#的弦長又是前者的一・〇六倍，就是這個意思。」

班上各處傳來「喔……」的細微聲音。遙接著操作手機畫面，閱讀更詳細的說明。她不是偷偷摸摸地看，也沒這個必要。

如果正在考試，這個行為大概是「作弊」吧。但現在不是考試。那個傢伙也說過，依賴計算機或電腦等機械的力量，不是什麼丟臉的事。

人類在只有人類做得到的事情發揮能力就好。

「不過正確來說不是一．〇六倍，是『根號二的十二次方倍』。」

遙慢慢說出「根號二的十二次方倍」，以免說錯。大家都呆住了，遙再度舞動粉筆。

$\sqrt[12]{2} \fallingdotseq 1.06$

「那是什麼？根號左上角有個12？」

真希詫異地瞪大雙眼。同學們像是看見異國語言，個個一臉困惑。話說回來，不知道「根號」的人也很多吧。

「這個是『自乘十二次會變成二的數字』的意思。例如，自乘三次會變成三的數字寫作$\sqrt[3]{3}$，自乘四次會變成五的數字寫作$\sqrt[4]{5}$。」

遙一邊用手機作弊，一邊在$\sqrt[12]{2} \fallingdotseq 1.06$的旁邊加上$\sqrt[3]{3}$與$\sqrt[4]{5}$。她像是作結般以粉筆重敲黑板，轉過身來。

「所以，$(\sqrt[12]{2})^{12}=2$……套用在琴弦，低音Do的弦長剛好是高音Do的兩倍。」

班上安靜了好一段時間。看著黑板上未知語言的男學生，大概是上課的習慣，不知為何寫起筆記的女學生。四十人份的安靜反應，打造出無聲的嘈雜。

「哇，音樂居然也藏著數學……」

真希像是要輕輕撥除沉默般說。光是這樣，遙就覺得自己好像被母親稱讚的孩子，忍不住就多嘴起來。

「是的。順帶一提，Do、Re、Mi、Fa、So、La、Si、Do的基礎，是數學家畢達哥拉斯建立的，也叫做畢達哥拉斯音階……」

「所以，妳想表達什麼？」

遙單手拿著手機繼續說明，卻被秀一打斷。遙稍微臉紅，清了清喉嚨。

「數學不只是用在弦樂器。像是小喇叭、鋼琴，也是經過數學精心計算的構造，才會發出那麼悅耳的聲音。」

遙朝著雙手抱胸、板起臉的秀一這麼說。她筆直注視白皙少年的雙眼，斬釘截鐵地說。

「數學在演奏悅耳音樂的時候幫了很大的忙。除此之外，也在乍看不會發現的其他地方確實幫上忙。這就是我想說的。」

隱約感覺得到某人在某處倒抽一口氣的氣息。

「原來如此，我大致知道數學『稍微』幫得上忙了。」

秀一鬆開雙手，但依然維持嚴肅表情。

「不過，我還是不認為文化祭和數學有關。」

斷定般的堅定話語。秀一的聲音在班上響起的同時，如同漣漪的說話聲輕輕地在教室擴散。

然後，漣漪瞬間化為大浪，彷彿失去平衡的沙堡一口氣崩塌。班上同學一直忍在心中的話語同時爆發。

「確實沒錯。」

「這個話題跟鳴立祭無關吧？」

「你一說，就覺得沒錯。」

眾人認同般地點頭，出聲支持秀一。有些人輕聲說，有些人則高聲嚷嚷。黑板前方突然變成眾矢之的，隱含嘲笑的視線集中在遙身上。

這是當然的。即使音樂和數學有關，也不代表文化祭和數學有關。文化祭和數學無關。這是自然而然的想法，以前的遙也肯定這麼想吧。

即使如此……

「數學藏在裡面喔，悄悄躲在看似無關的地方。」

遙單手拂去灑落在身上的否定話語，嘈雜聲頓時平息，秀一細長的雙眼微微張開。遙提高音量，讓大家都聽得到。

「在世界上，沒有任何問題和數學無關。只要使用『數學之力』，任何問題肯定都能解開。」

這是從那傢伙身上現學現賣的話語。但是遙成功挺胸了說出來。

我自己不擅長數學。

但我好幾次親眼見證數學拯救他人。

……不過，有點耍帥過頭了。

遙暗自稍微垂頭喪氣。動不動就受到當下情緒影響而得意忘形，這是她的壞習慣。多虧如此，她現在無法回頭了。

遙光明正大的態度稍微震懾秀一，但秀一立刻重新振作，恢復為嚴肅的表情。

「那麼，妳解給我看吧，當場進行能讓大家接受的說明吧。」

嗯，就知道會變成這樣。

學生們，甚至連木下老師，都已經毫不忌憚地注視遙。好奇、不安、期待……即使在壘球比賽的時候，也不曾感受到這麼多不同的視線。

但是，或許意外地不差。

遙緊閉雙唇，和黑板正面對峙。寫著「開店」與「表演」的白色文字。遙目不轉睛注視看似和數學無緣的四個字。

解數學題和闖迷宮很類似，都是逐一刪除死路、找出通往終點的路徑。正如字面所述，一邊迷路一邊前進。但現在位於遙面前的是遼闊的荒野，完全沒有既定的路線或終點，一個不小心將會永遠迷失。

我要冷靜……

這種時候，應該要回歸基本面。

在世界上，沒有任何問題和數學無關。

遙在內心複誦那傢伙昔日給她的話。所有問題都能以數學解決，遙動員那傢伙留下的所有智慧思考。

以數學角度思考事情的時候，基本中的基本是……

「我想，必須先蒐集『數值』。」

遙慎重選擇字句這麼說。眾人靜靜聆聽。

「如果沒有『數值』，再怎麼思考，也整理不出個所以然。」

「『數值』？究竟是什麼意思，用大家聽得懂的方式說明吧？」

秀一噘著嘴，顯露出滿滿的不信任感。四周洋溢著期待、好奇與不安交織的氣氛。

遙只是有些為難地垂下眉頭。

「唔，這個場合的『數值』究竟是什麼呢？」

瞠目結舌的秀一口中簡短發出「啊？」的疑問聲，班上同學全都張嘴愣住。真希與木下老師也像是期待落空般不知所措。

數秒的沉默。最後，回神的秀一走近遙。

「這是怎麼回事？遙同學，意思是妳自己也不知道？」

「嗯。我完全想不到。」

遙毫不愧疚地回答。過於瀟脫的態度，使得秀一至此緘口。

蒐集「數值」然後思考。這是那傢伙從第一學期掛在嘴邊，遙聽到耳朵長繭的話語。不過，接下來要由遙一個人解題很難。就像背熟食譜也不一定真的做得出料理，這是相同的道理。

遙知道非得想辦法處理眼前的荒野，但她想不出具體的計畫。

因為，我和那傢伙不一樣。

即使如此，遙還是看著幻想中的嶙峋岩石、瀰漫的沙塵與無盡的地平線，內心思考著事情。

某處肯定有頭緒。或許非常細小，必須定睛注視才看得見，但是肯定存在。

在世界上，沒有任何問題和數學無關。

「光靠我一個人不知道，因為我還在學習數學的路上。不過，三個臭皮匠勝過一個諸葛亮。既然我們有四十個人，肯定更優秀吧？大家一起思考，面對問題吧。我會盡棉薄之力，協助大家發揮『數學之力』。」

遙將粉筆舉到頭上，露出牙齒一笑。

班上同學都是一臉莫名其妙的樣子，但最後露出稍微正經的表情點頭。遙滿意地加深笑容。

「我只是準備好討論的舞台，沒辦法獨自解決問題。這是我『代理店長』的極限。」

「不，這樣很夠了吧？」

真希不可置信似地說。遙緊握手上的粉筆。對她來說，這個小小的搭檔就像是武士的刀、棒球選手的球棒，或是農民的十字鎬。

「那麼，得先找出可以成為『數值』的東西。」遙站上講台，以略高的視線環視全班，「開店與表演，有沒有什麼『數值』可以拿來比較的？」
「這我已經發現了喔。」
真希立刻舉起單手。
「就是『時間』。剛才吵鬧的時候有人提到的，不記得嗎？」
遙乍聽下一頭霧水，但立刻想了起來。剛才大家交換意見講個不停時，真希清楚聽到有人這麼說。遙自己則是在數人同時開口的時間點就放棄聆聽了。
平等傾聽所有意見，這是真希的優點。如果放著她不管，她大概也會試著聽貓狗說什麼吧。正因如此，男女同學都喜歡她、信賴她。
遙不只羨慕，同時也有點引以為傲。
「……我想，應該是我說的。」
靠窗座位的一個女生說。她是剛才混亂的導火線之一，但這次好好地舉手發言了。
「我剛才說，『開店的話，當天顧店的時間比較長』。」
原來如此，顧店時間確實可以當成「數值」。遙點頭之後，另一人立刻舉手。坐在靠走廊座位的男生，有點緊張地開口發言。
「我也說過。我說『演戲要花時間準備，不過這也無妨』。」
「準備時間，以及當天的活動時間……」
遙輕聲說完看向真希。她不發一語，漂亮地眨了眨右眼。
真希，謝啦。

遙在內心道謝之後，擦拭額頭的汗水。

「從準備時間開始思考吧。」

可以順利嗎……

一股不安掠過內心，但遙強顏歡笑掩飾。在一片荒蕪的原野正中央首度揮下十字鎬。

「去年上台表演的人，誰記得當時練習多久嗎？」

經過短暫的沉默，班上籠罩些許嘈雜聲。各處開始竊竊私語，接著靠窗座位的兩個女生低調舉手。

「當時我們是跳舞……記得花了一個月練習。」

「我們班是演戲，同樣是一個月左右。」

「舞蹈動作跟服裝，費了不少心力設計。」

「我負責做布景。當時做了像是會出現在迪士尼的城堡，不過很辛苦。」

「啊，我看過。很壯觀，對吧？」

「是啊。完成的時候真的很開心。」

「原……原來如此，一個月啊。」

遙抓準時機，打斷兩人連珠砲般的閒聊。如果她沒阻止，或許會一直聊到打鐘。

「這樣啊，要花一個月準備啊。當時我們班用的時間果然很短耶。」

真希說完哈哈笑。去年遙與真希的班級，記得只花十天左右練習，可說是緊急施工的範本。

「那麼，當時開店的人呢？」

遙在內心反省，一邊詢問。班上再度竊竊私語。不久，後方座位有個男生的聲音，越過好幾個人的頭傳過來。

「去年的炒麵店，記得大概從兩週前準備就好了。」

「我們班上的紅豆湯店也差不多。畢竟沒太多工作要做。」

「兩週啊……」

遙聽著男生粗野的聲音，以雪白的粗體字在黑板寫下第一步：

準備時間：表演＝1個月
　　　　　開店＝2週

「再來是當天的活動時間……」遙寫完算式轉身，「要怎麼計算呢？」

秀一投以不可置信的視線。說來丟臉，但遙希望他寬容一點。遙的數學是臨陣磨槍，不但不夠鋒利，而且一個不小心就會斷。必須適度耕耘，適度休息，如此反覆才能得出答案。

「表演這邊很好懂喔。」真希像是抓準時機般伸出援手，「因為各班能用的時間是固定的。」

真希露出笑容，接著向秀一使眼神。秀一雖然一臉不高興，但還是立刻翻閱手上的資料夾，找到想要的資料之後停手，緩緩朗讀。

「那個……借用舞台的班級，體育館舞台的使用時間是九十分鐘，操場特設舞台的使用時間也是九十分鐘。」

「也就是說，兩天加起來是三小時。」

真希輕聲說話時，遙已經開始動手寫字，發出喀喀聲慎重書寫。名為粉筆的十字鎬，逐漸在荒地注入生命。

當天活動時間：表演＝3小時
　　　　　　　開店＝

等遙停止書寫，真希再度開口。

「開店這邊，可以用鳴立祭開始到結束的時間計算吧？秀一，你知道嗎？」

「嗯。依照活動要點……週末兩天都是早上十點到傍晚六點。不過店鋪必須在五點打烊。」

秀一念完要點，真希豎起大拇指。真希果然可靠，總是站在遙這邊。

「……這麼一來，每天七小時……兩天是7×2小時……」

遙輕聲說完環視教室。隱含期待與不安的視線，由她一個人承受。

「剛才不是提到炒麵店跟紅豆湯店嗎？當時幾個人輪班顧店？」遙再度詢問後方座位

的兩人，「只要回想起職責分配，應該也知道人數吧？」

「咦？我們？」

兩名男生驚訝地轉頭相視，接著微微皺眉，各自低語，屈指計算。

「我想想，下廚的、收銀的、叫賣的，還有……」

原本擔心他們要是說「不記得了」該怎麼辦，但這份顧慮是多餘的。

「總共是八個人……吧？」

「嗯，我們班上也是，記得是七、八個人。」

他們的表情看起來頗有自信。似乎沒有其他人要特別反駁，大概是每班的店都大同小異吧。

「既然如此，算式就是這樣了。」

遙讓粉筆在黑板上遊走。在四十人的守護之下，完成單純卻具備深遠意義的方程式。

$(7\times2)\div(40\div8)$

$=14\div5$

$=2.8$（小時）

這是顯示文化祭與數學相對關係的方程式，是耕耘荒野終於成功種植的幼苗。

「我想想，零點八小時換算成分鐘是……」

$$0.8\times60$$
$$=48（分鐘）$$

「……二點八小時是兩小時又四十八分，這是用在顧店的時間。」

寫完方程式，遙以沒拿粉筆的手，將蓋住耳朵的頭髮往後撥。

「咦？也就是說……」

真希走到遙身旁，接著目不轉睛看著黑板低語，像是看見魔術般睜大雙眼站著不動。她伸手指著「當天活動時間」這行字，發出失落的聲音。

「當天的活動時間，是開店比較短？」

當天活動時間：表演＝3小時
開店＝2小時48分。

聽她這麼說，遙也驟然回頭看向寫得有點歪的方程式。確實沒錯。說來意外，當天工作似乎比較多的開店選項，花費的時間其實比較短。

「真的耶。」

「明明以為當天一定是開店比較辛苦……」

吃驚的聲音逐漸從班上同學之間擴散。仔細一看，甚至有人打開筆記本自行驗算。不過計算本身很簡單，遙自己也應該不會算錯。如果真的算錯，她就是完全虛度暑假，將時間扔進水溝了。

同學只是疑惑於自己認定的「常識」，居然和計算結果不同。

……計算結果違背預測的時候，那傢伙會怎麼做？

還是說，預測與計算相左的狀況，不會發生在那傢伙身上？

遙問自己這個沒答案的問題，突然驚訝地發現自己的腦袋意外保持平靜。她瞥向沾上粉筆灰的指尖，接著輕聲一笑。

至少，那傢伙不會讓別人看見自己慌張的樣子吧……

「各位，聽我說一下。」

遙以嘈雜聲中也能讓所有人聽見的最小音量，平靜地開口。眾人的說話聲逐漸平息。

「表演與開店的差異，只有短短的十二分鐘。當天的活動時間當成差不多就好吧？」

遙的粉筆指向黑板。眾人一臉嚴肅地點頭，只有秀一一個人例外。他從細如絲線的眼睛深處瞪向遙。

「那麼，討論到現在都是徒勞無功嗎？就只是浪費寶貴的時間？」

「我沒這麼說吧？」

遙光明正大回應。第一個幼苗確實枯萎了，卻不意味著結束。

「這個計算結果也嚇到我……不過這麼一來，能用來比較的『數值』就少了一個吧？因為接下來就可以不管『當天的活動時間』了。這不是偉大的一步嗎？」

「這是狡辯。」

「是不是狡辯，接下來就知道。」

即使面對一板一眼的頭目，遙也不怕。

「蒐集『數值』，然後思考。只要反覆這麼做，一定可以得出解答。」

可靠的店長不在了。

而且，自己一個人沒辦法說明得和那傢伙一樣好。

即使如此，遙還是喜歡數學。

她打從心底希望能以數學幫上別人的忙。

「關於『時間』的要素，這樣應該都列出來了。」遙把玩著白色粉筆，「得再蒐集一些『數值』才行。」

籠罩教室的寂靜，如同踏入夜間的山區，明明有生物的氣息，卻毫無聲響。教室裡明明有四十個學生，大家都有所顧慮而不說話。

遙再度看向自己寫下「準備時間」以及「當天活動時間」的白色字體。或許確實稍微前進了，不過老實說，還完全看不見該走的路。問題就連輪廓也依然模糊，屏息藏身於黑暗深處。

忘記是什麼時候，那傢伙好像也說過。終點、去處、目的地。我們之所以面對這個問題，究竟是在尋求什麼？若不搞清楚這一點就沒完沒了。

可是，在這片只看得見地平線的荒野，我究竟要以什麼為目標？

「抱歉這麼說像是潑冷水，不過……」

如同戰戰兢兢取下沉默之殼，慎重編織的聲音在教室響起。在最後排的座位，一名突出下唇的男學生歪頭開口。

「我的心情也和秀一一樣，推敲這些數字真的能決定出優秀的方案嗎？該怎麼說，我們不是想打造出讓大家能夠滿足的鳴立祭嗎？」

能夠滿足的鳴立祭。

遙在內心緩緩複誦他的話。

他大概是想對「數學形式的作法」有所反彈，才說出這個意見吧。不過他這番話使得遙心中的知識箱倒過來了。貧乏的數學知識相互撞擊、彈跳，最後在一道光芒的照耀之下顯露形體。

「就是這個！」

遙不知不覺地叫出聲，拿粉筆的手自然動起來，發出喀喀的聲音編織白色的字句。

滿足度

遙在黑板寫下這三個字，各處隨即發出「咦？」或是「什麼？」的疑問聲。這也是難免的，因為遙寫的這個詞，看起來和數學完全搭不上邊。

好一段時間，嘈雜聲如同森林樹葉的沙沙聲持續擴散。最後，秀一像是代表眾人發問般開口。

「妳在說什麼？這種東西不可能用『數值』表示吧？」

「你這麼認為嗎？不過，在廣告之類的地方不是常看見嗎？『百分之八十的使用者滿足本產品』這樣。」

沿著預料軌道投過來的這一球，遙輕鬆打擊出去。秀一沒能回嘴，取出摺疊整齊的手帕，默默擦拭臉上的汗水，看起來也像是緩緩嚥下遙這番話的意義。

遙重新面向班上同學，和那個傢伙一樣，和那個總是冷靜沉著、面對任何反駁都輕盈閃開的數學少年一樣，她落落大方地詢問。

「各位，什麼樣的鳴立祭能讓你們滿足？」

不知道第幾次的沉默降臨教室。短短數秒後，坐在中央區域的男學生輕聲說。

「當然是能夠留在回憶裡的鳴立祭吧？」

他周圍的幾個人也點頭同意。不過遙輕輕發出「唔……」的聲音。「留在回憶裡」這種說法，感覺沒辦法變換成「數值」。

真希大概察覺到遙的想法，代為詢問。

「那麼，什麼樣的鳴立祭能夠留在回憶裡？」

「這……」男學生頓時支支吾吾。

「啊，我不是在批判喔。」真希說著露出甜美的笑容，「『回憶』……我覺得這兩個字很棒，不過只有這樣形容就太籠統了吧？突破這兩個字之後想到的東西，正是『滿足度』吧？」

這番話具備說服力。託真希大明神的福，說明變得非常輕鬆。

「準備時間」、「當天活動時間」、「滿足度」……寫在黑板上的「數值」共三個。其中的「當天活動時間」已經得出「幾乎相同」的結論，所以實際上能使用的「數值」是兩個。這是很單純的構圖。

而且在數學的領域，重點在於盡量從單純的方向思考，記號x或y可以不用就不用。要想辦法省略麻煩的計算。

和那名少年共度的數個月，遙也學會了這種事。

「……不需要想得太艱深吧？」

遙將粉筆當成指揮棒畫圈圈，對大家說。

「想得更單純一點吧。去年的鳴立祭很快樂吧？哪些事情留在回憶裡？」

班上同學看著彼此，原本僵硬的表情都變得柔和。

只要聽到「數學」，所有人都會繃緊神經。複雜的圖形、冗長的算式，這些東西在某些人眼中像是惡魔或死神，想像之後總是會緊張用力、煩惱抱頭。

不過，現在面對的，不是段考或升學用的試題，只是日常生活的小小問題。並非故意設計得很難的考題，也沒有死板的解答時限。

更加自由、單純地跳脫思考的框架就好。

交談聲如同拂過草原的微風，靜靜擴散。

「準備期間的聊天很開心。」

「大家一起舉辦的慶功宴，我現在還記得喔。」

「不過，這在開店或表演不是都一樣嗎？」

「嗯，超快樂的。」

男生或女生都紛紛愉快地訴說回憶，經過一年的現在也沒褪色的珍貴寶物。這麼說來，記得有人說她在鳴立祭交了男友。

逐一列舉會列舉不完的鳴立祭回憶。

不過，此時聊到的盡是「開店與表演都很快樂」的話題，遲遲沒提到最重要的「差異」。遙耐心等待，等待能將開店與表演分成兩類的數學差異。為了找出肯定位於某處的這個要素而定睛注視，豎耳聆聽。

然後。

在籠罩教室的柔和嘈雜聲中，有個呢喃傳到遙的耳中。

「……是不是『人』呢？」

「咦？」遙看向嘈雜的眾人反問，目光依序掃向每個人，尋找聲音的源頭，「剛才是誰說『人』的？」

大概是察覺到遙的樣子，說話聲逐漸變小，然後眾人如同做體操，一同左右轉頭。

「那個，是我說的……」

這個細微的聲音，來自最前排的女生。燭台底下反倒黑。她一副為難的樣子，低調地手舉到臉頰旁邊。

「那個……關於妳說的『人』，方便詳細說明嗎？」

遙一催促，全班視線就集中在前排的女生。她稍微東張西望，然後臉紅低下頭。不過，她最後戰戰兢兢抬起頭，像是下定決心般開口。

「這是去年的事……當時我們班是上台演戲。然後，別校的朋友來捧場，表演完之後，她露出超燦爛的笑容對我說『很快樂』，我真的好開心……」

「啊啊，這麼說來，我也是……」鄰座的男學生像是接她的話般發言，「當時我們開鯛魚燒店，大家都說『好吃』。其中還有人來吃了兩、三次。這件事留在我的回憶了。」

「原來如此，顧客嗎……」

聽兩人說完，遙輕聲說。黑板上的算式逐漸成長。

滿足度＝顧客人數

真希、秀一和班上同學都以正經表情注視遙寫下的白色文字。有人微微點頭，有人佩服般揚起眉角，也有人呆呆張著嘴。

不過，沒人提出反對的意見。

我……做得到嗎……

一絲迷惘掠過腦海，但也只是一瞬間。

遙盡可能地撒下樹苗。小巧可愛的樹木幼苗，在整地完畢不久的土壤生根。

「……木下老師，記得每年都是由老師管理舞台表演吧？您知道去年多少客人進場嗎？」

遙詢問低調坐在窗邊的木下老師。老師搔了搔腦袋，調出記憶。

「人數多少有點浮動，不過每場表演大致都有一百到兩百位客人進來看。」

「這麼一來……平均是一百五十人，兩天就是三百人。」

遙動著粉筆，嘴裡同時說出下一個問題。

「秀一，你知道去年各班開店的業績嗎？」

秀一即使露出為難的表情，也似乎明白遙的意圖，以俐落的動作翻閱資料。

「我看看……所有班級平均賣出約兩百份餐點。」

遙依照傳入耳中的情報，毫不迷惘地讓粉筆遊走。敲打鼓膜的只有粉筆撞擊黑板的喀喀聲。全班屏息注視黑板與遙。

滿足度＝顧客人數

表演＝300

開店＝200

樹苗越來越高，發育成高大的樹木。

「這麼一來，『數值』算是湊齊了……吧？同一個人來兩次也會計算成『兩人』，不過這種程度的誤差應該不成問題。」

遙寫完後這麼說，班上隨即稍微恢復嘈雜。一陣有點強的風吹起，窗框喀噠喀噠地搖晃。

「那麼，單純拿兩百與三百相比，表演的『滿足度』比較高。是這樣嗎？再怎麼說，這個結論也太蠻橫了吧？」

秀一像是稽查的監考官，雙眼發出犀利的光芒。他大概適合當律師吧。遙隔著講桌和這個光說不練的傢伙對峙。真希擔心地注視兩人。

「放心。」

不過，遙很乾脆地說。

她抱著自信投以笑容，在面前豎起粉筆。

因為，如果是那個傢伙，就絕對不會露出不安的樣子。

「有個『數值』還沒使用，對吧？」

遙面向黑板，在寫好的算式加上新的數值。荒地化為樹林，樹林化為森林。粉筆動得又快又用力，導致白粉飄落到地板。

準備時間：表演＝1個月＝30日
　　　　　開店＝2週＝14日

「我們還只是國中生……不過升上高中之後，也可以打工，對吧？」遙輕輕撥掉沾上手指的粉筆灰，「秀一，如果要打工，你想打什麼工？」

「什麼？」

「就是打工啊。如果要打工，你會用什麼基準挑工作？」

秀一隱含疑惑的視線游移不定。然後他慎重推測接下來的演變，低聲回答。

「薪水……吧？」

頓時，班上籠罩笑聲。秀一白皙的臉孔微微泛紅。

但是遙沒嘲笑秀一的回答。「嗯。」她出聲附和，等待嘈雜聲平息之後開口。

「就某方面來說，想要錢是當然的。雖然感覺像是守財奴……不過打工和當義工不一樣。」

這次輪到嘲笑秀一的人們閉上嘴巴臉紅。秀一像是感到意外，揚起眉角。

「……薪水可以用時薪或是日薪計算，對吧？就是工作一天的收入。」

遙讓粉筆在手心轉動。

「鳴立祭的目的不是賺錢，不過……花一天的時間準備，可以讓多少顧客露出笑容，對我們來說，這不就是薪水嗎？」

某處有人倒抽一口氣。同時，遙轉身面向深綠色的巨大筆記本。圍繞遙的樹群，向她輕聲訴說世界的法則。然後，她書寫完成了。小學生都解得開的單純算式。卻也是只有遙寫得出來的方程式。

滿足度：表演＝300÷30＝10（人／日）

開店＝200÷14＝14.2857……（人／日）

「『人／日』的意思是『準備一天會來多少人』。如果是開店，準備一天會來的客人是十四個人多一點。表演的話剛好十人。」

「喀啦」一聲，遙將粉筆放回原位後，吐出又細又長的一口氣，就像是那傢伙解開問題後的習慣動作。她全身的緊張自然解除，臉頰放鬆。

「也就是說，開店的來客數比較容易隨著準備時間增加。」

「我知道了！就像是CP值那樣吧！」

真希愉快地拍手。驚訝與佩服的嘈雜聲，在教室裡逐漸擴散。

「原來如此。所以開店能以較少的準備時間聚集許多客人。」

「也就是效率比較好嗎？」

「換句話說，想招攬客人就要開店？」

「那就開店吧，招攬許多客人上門光顧。」

大家紛紛出聲贊成，一會兒就達成共識：招攬客人。只要點出該前往的終點以及該走的路，人們就不會迷惘。數學就是指引終點與道路的手段。遙環視開心交談的同學們，輕輕拍掉粉筆灰。

周圍完全充滿豐饒的綠意與生命，松鼠在枝枒上穿梭，各處結滿果實。從荒野開墾而成的森林。以第一次來說，我表現得很好嗎？

遙如此心想的時候，她發現了一件事。

在熱烈討論的班上同學之中，唯獨一個學生站在圈子外側。是秀一。

他走到講桌前面，單手舉到臉旁張開，然後闔上。教室內的說話聲頓時停止，如同交響樂團瞬間沉默。身為管樂社指揮的秀一斜眼看向黑板，開口說道。

「……不過，可以就這樣斷定『開店比較好』嗎？表演的來客總數明明多了一百人啊？」

學生臉上浮現慌張的神色。就像是確定正確而提出的答案和範例解答不同，突兀感與困惑擴散開來。

滿足度＝顧客人數
　表演＝300
　開店＝200

確實如秀一所說。開店可以在較短的準備時間聚集許多客人，不過這只是以「短時間」的角度來看。長時間好好準備的表演節目可以聚集更多客人，就某方面來說是理所當然。

就算這麼說，也不能拍板定案說「那就表演吧」。這樣太粗魯了，秀一剛剛才提出這個疑問。

沒完沒了的二選一，無限迴圈。在深邃的森林裡，遙到最後依然迷失。

還以為是很好的點子，但還是不行嗎……缺乏的東西是「數值」嗎？還是我的腦袋？真的是虎頭蛇尾……

「既然這樣，我有一個不錯的想法喔。」

遙的嘆息在空中融化消失的瞬間，真希忽然在旁邊開口，遙驟然抬頭。班上同學以秀一為首向真希行注目禮，但她毫不在意，揮灑爽朗的笑容。

「為了聚集到和表演一樣多的客人……換句話說，為了增加滿足度，將開店的準備時間拉長就行了。」

真希以指尖指向黑板某處，四十人份的注意力一起從真希身上移向該處：遙所寫下、有點歪歪扭扭的算式。

滿足度：表演＝300÷30＝10（人／日）

　　　　開店＝200÷14＝14.2857……（人／日）

真希指著這兩行，尤其是「14.2857……（人／日）」這個部分。

「你們看，這裡的意思是開店準備一天，光顧的客人是十四個人多一點吧？既然這樣，就不要限定兩週，花更多時間準備，這麼一來品質也會提升，客人也會跟著增加吧？」

真希雙眼閃閃發亮，張開雙手。遙瞬間聽不懂她的意思，思考出現空白。經過兩到三秒的沉默，視野突然開闊，遙連忙看向自己寫下的算式。反覆審視「10（人／日）」以及「14.2857……（人／日）」這兩個「數值」。

花十四天準備開店的話，光顧的客人是兩百人。既然這樣，如果花更多時間，用心仔細準備的話……

遙回神的時候，已經再度拿起粉筆。

「喂，妳到底在……」

「噓。別說話。」

遙好像聽到秀一與真希在說話，但她沒餘力反應。為了將絕對稱不上優秀的思考能力發揮到淋漓盡致，她的注意力只集中在某一點。

感覺腦中許許多多的算式在從右邊流向左邊。這是以大量數字、記號與英文字母組成的巨大森林迷宮。遙確實親眼找到通往迷宮終點的路線，看到浮現出來的光明道路。

遙在森林裡奔跑，呼吸急促，內心雀躍。她不顧一切地奔跑。

「我想想……準備一天可以聚集200÷14的客人……所以，準備幾天可以超過表演的來客數，也就是超過三百人？依照這個想法……」

緩慢、慎重，如同確認每字每句，每一筆每一畫，以算式的形式為思考賦予輪廓。

(200÷14)・x≧300

「……x是準備的天數。」

遙在呼氣的同時這麼說。眾人屏息，成為目擊者。秀一雙手抱胸，平常就很細的雙眼瞇得更細，凝視剛寫下的這一行算式。

遙拚命安撫差點顫抖的手，下定決心書寫下一行。

奔跑，奔跑，持續奔跑。遙抵達森林的中央。

(200÷14)・x≧300

200x≧300×14

x≧21（日）

遙寫完之後，退後一步，頻頻打量自己的拙作，有點緊張地仔細驗算。

沒問題，沒有奇怪的地方。

「雖然看不懂計算的部分……不過也就是說，只要準備二十一天，就可以達到和表演相同的來客數嗎？」

前排的女生沒什麼自信地問。遙露出微笑，點頭說：「就是這樣。」

「二十一天是三週吧？多花一週要做什麼事？」

「只要有時間，能做的事情多得很喔。」

真希回應秀一之後，迅速朝遙伸手。遙立刻察覺她的意思，扔過白色粉筆，真希在半空中發出「啪」的聲音接住。她的動作很標準，令人聯想到接住投手回傳的捕手。

「我看看，x是『準備花費的天數』……所以如果準備時間和表演一樣，設成『x＝30』就好吧？」

「嗯，沒錯。」

遙點頭之後，真希立刻在黑板寫起算式。真希使用手機的計算機功能，仔細書寫。她的文字成熟工整，和遙以前看過的一樣。

$(200 \div 14) \times 30$

$= 428.5714 \cdots\cdots$（人）

遙在森林中央嚇了一跳。真希每次動手，算式就成為種子，在遙的腳邊接連萌芽、開花。花朵載著遙，莖部逐漸伸長，轉眼之間超過周圍的樹木。

真希眺望自己寫下的算式一陣子，接著俐落轉身面向眾人。

「你們看！只要準備一個月，就可以聚集超過四百名客人！」

真希的語氣清晰又充滿活力。她這種和社團活動時相同的說話方式，光是聽著心情就自然欣喜又期待，真神奇。

她大概天生具備吸引旁人的能力吧。

載著遙的花朵，已經成長到比森林裡每棵樹都高。遙穿過綠葉與枝枒，被推上天空的正中央。然後，她看見了，看見地平線另一頭的美麗朝陽。

真希的聲音響遍教室。

「反正其他班大多會說『去年這樣開店就來得及』，所以只準備兩週……但是沒人規定我們也必須配合吧？招牌做得又大又吸睛吧！也努力試做菜色，推出特別好吃的料理吧。店裡的裝潢也用心設計，還要思考怎麼接客……如果準備時間拉長，相對也可以留下更多回憶，這樣不就是一石二鳥嗎？」

真希說到這裡停頓，重新轉向秀一。他像是自知理虧，視線游移不定，稍微猶豫之後輕聲說：「既然這樣，我當然就沒有異議。」

真希洋洋得意地在「開店」兩個字畫上白色圈圈。有人輕輕拍手，拍手的人多了一人，多了兩人，多了四人……回過神來的時候，四十個人都在拍手的聲音，像是要震破窗戶般響遍教室。

面對數學，經常會發生這種事。以為已經抵達自己尋求的終點，卻還有下一個終點……解答的當事人都嚇到腿軟。看來遙今天挑戰的就是這種問題。居然看得見如此美麗的日出，完全出乎她的預料。

當然，完全無法保證事情正如計算進行。準備時間和來客數成正比，或許只是在打如意算盤。

不過，至少大家接受了。全班準備向前踏出腳步。

窗外吹來一陣風，吹走纏在肌膚上的熱氣。

「……宙，我解決了喔……」

沒有止息的如雷掌聲中，遙以沒人聽得到的細微聲音低語。她想暫時徜徉在染紅世界的朝霞之中。

「怎麼樣？新的旗幟完成了。」

放學後的教室。坐在真希正對面的遙，拿出兩塊摺好的布，在桌上攤開。只用自己的書桌空間不夠，所以也挪用旁邊的空位。寫在長方形白布的黑色粗體字現身。

數學屋

一起思考您的煩惱

「真低調的旗子……」真希以手指撫摸黑色布料剪貼而成的文字苦笑，「之前明明是『解決您的煩惱』……」

「沒關係啦，這樣就好。」

遙的手伸到其中一塊布底下，稍微拿起來，注視自己想到的標語：「一起思考您的煩惱」。嗯，做得挺好的。

今天是星期一，壘球社不用練球，窗外傳來棒球社充滿幹勁的吆喝聲。真希看向蓄積夏末餘熱的操場，再度低頭看著旗幟。

「數學屋要重新開張啊。」

「嗯……」

遙點點頭，重新在桌上輕輕攤開白布。再來只要找根長度合適的棒子綁上去，固定在桌腳就完成了。

「我之前也說過……妳明明可以再有自信一點。」

「就說妳玩笑開過頭了啦。」

遙垂下眉角，隔著真希的肩頭看向前方黑板。剛才的討論痕跡還留著沒擦掉，大概是負責打掃的人偷懶直接回家吧。遙感慨地看著苦戰的痕跡開口。

「我剛才使用的，是只出現一個記號的簡單不等式，除此之外都是小學生也會的計算，艱深的公式或定理連一個都沒用。而且，我不懂的地方都是妳幫我解的。我用短打送跑者到三壘，然後妳用安打製造打點。換句話說，就是這樣。」

窗外，棒球社沿著操場外圍跑步練體能，看來速度各有差異，將近二十名的社員拉成一長列跑步。

「不過，我覺得自己負責短打就好。既然這是我的職責，我就全力完成短打。因為這也是一定要有人去做的重要工作。」

遙的視線從操場移向高空。薄如霞霧的雲朵，像是斑點散布在湛藍畫布各處。

「我沒辦法像那傢伙一樣，獨自打出全壘打得分……不過無論是獨力，還是兩人合作，甚至是四十個人同心協力，只要解開問題就好。因為這不是段考。」

遙舉起雙手，身體靠在椅背伸懶腰。一陣稍微涼爽的風吹來，拂過兩人的頭髮而去。真希沒說話，臉上綻放笑容。

就在這個時候。

教室前門喀啦喀啦地開啟，遙與真希驚覺回神，轉身看向門口。

一名高瘦的男學生從走廊探頭注視兩人，和遙四目相對。男學生簡單點頭示意，進入教室。

「秀一，怎麼了？忘記拿東西？」

真希坐在椅子上，露出詫異的表情。他含糊「嗯」了一聲點點頭，坐到和遙隔了兩張桌子遠、自己的座位上，身體連同椅子面向兩人。

手雖然搆不著，但聲音毫無問題傳達得到。秀一保持這段微妙的距離，像是觀察反應般目不轉睛注視她們。遙與真希不由得轉頭相視。

秀一細如女生的手臂放在桌上，整個人動也不動。沉默降臨三人之間，只有窗戶傳來的棒球社練球聲格格不入地響遍教室。遙的額頭像是忽然想起來般冒出汗水。

找我們有什麼事？

遙耐不住性子想這麼問的時候，秀一終於動了。他拉開嘴角，以沉穩的聲音說。

「天野遙同學，看來我小看妳了。」

秀一的聲音率直到令人意外，遙不知道該如何回答而沉默。他看起來不以為意，繼續說下去。

「我聽過數學屋的傳聞，但一直認為那是前任店長的實力。不過，實際上似乎不是這樣。請讓我謝罪。」

「咦？謝……謝謝……」

冷不防聽他這麼說，遙心跳加速，說話吞吞吐吐。真希沒說話，靜觀兩人。

「『數學之力』……坦白說，我之前半信半疑。不過實際上也討論出結果，班上的大家看起來也接受了，這樣真好。」

「我……我做的事情沒這麼了不起……」

「是否了不起，是由周圍的人們決定的。實際上要是沒有妳，我想班上依然是一盤散沙吧。所以我來向妳正式道謝。」

秀一像是一條線的眼睛瞇得更細。討論的時候明明在挑毛病，卻是忠厚老實的男生。遙好不容易克制不讓害羞表露在臉上，視線移向一旁的真希。

真希肯定也呆愣地苦笑吧。遙如此心想，但她的預測落空。隔著桌子坐在遙正對面的真希，不知為何一臉嚴肅地觀察秀一。秀一似乎也發現了，白皙的臉孔收起笑容。

經過數秒的沉默，真希終於開口：「……所以呢？」

簡短又平靜的話語。不過，隱含在語句的，是彷彿能將凝固人心化開的奇妙安心感。

「你來這裡是想商量事情吧？」

不問學年或性別，真希受到眾人仰慕的原因，可以說就是這份溫暖。

秀一暫時不發一語，最後終於搖了搖頭。

「……被發現了嗎？其實，妳說得沒錯。」

明顯不是至今那種堅定不移的語氣；是帶著某種陰影，藏著某種確切事物的聲音。遙覺得他帶點寂寞又危險的氣息。

「我想請妳救一個人。」秀一繃緊臉頰肌肉，雙眼充滿嚴肅的光芒，對遙這麼說：

「……拜託妳。希望妳救救聰美……救救我的朋友。」

這一瞬間。

眼前男學生低頭的瞬間，遙確實跨越了某條界線。

這是看似平凡的日常，卻有些不同的場所。

以「數學之力」拯救世界——某處的某人懷抱這個夢想。

這一瞬間，遙再度從夢想的外側踏入內側。

問題二

試設計美麗的拱門

「我要加入排球社。因為練習好像會痛又辛苦。」

這是一年級春天的事。幾個好姊妹排好桌子、邊吃便當邊快樂聊天時，聽美突然說出這樣偏激的話。遙差點打翻水壺的茶。

「聽美，妳這種說法很像受虐狂喔。」

「是嗎？」

即使遙如此規勸，聽美也不在意的樣子。其他朋友臉上掛著苦笑，不知道做何反應。

「我還以為是玩笑話。不過，看來不是。」

「我只是想要『正在努力』的實感。」

聽美單手撥起烏溜溜的秀髮，像是自言自語般輕聲說。

「因為『疼痛』簡單又好懂。」

不知道是否是多心，她冷酷的表情看起來隱約蒙上陰影。

她是個不可思議的人。

遙每次看見聽美都這麼覺得。

＊

「還沒到嗎？」

「快到了。妳是運動社團的人，就忍耐一下吧。」

相對於遙不耐煩的聲音，秀一平淡回應。他絲毫沒有同情之意，化為爬坡機器，維持原速度大步前進。遙和真希轉頭相視，不得已加快腳步。秀一的說法很刺耳，但她們也有自己的骨氣，所以遙將抱怨吞回肚子裡。三個漆黑的影子落在腳邊。

令人喘不過氣的酷暑收斂許多，但現在要說是秋天還太早。快步行走當然會一直冒汗。上衣背部溼透，觸感不太舒服。三人在重疊枝葉打造的屋簷下方，邊避開陽光邊前進。

遙與真希在秀一的帶領之下爬坡。走過從學校延伸而出的田間道路，行經車站附近的速食店門口，鑽過高架橋下方，繼續直走。他們專注行走在通往大磯鎮最高峰高麗山的山坡。

只不過，雖說是最高峰，但高麗山的標高也不到兩百公尺，是如同象徵沿海小鎮的小山，就算改名為「高麗丘」也無妨。

即使如此，坡道依然很陡，抱持散步的心情爬坡有點辛苦。

「我也好久沒爬這條坡道了。上次記得是小時候去郊遊吧？」

真希懷念地看向山頂方向，輕聲一笑。漆成紅白雙色的三角頂電塔，今天也默默矗立在山頂。再怎麼麻煩的事情都能積極面對，應該是一種才能吧？遙看著面帶笑容爬坡的真希，心不在焉地這麼想。

「不過，幸好妳們是聰美的朋友。」

秀一看起來臉不紅氣不喘。他加入管樂社，手臂又白成那樣，遙一直以為他沒什麼體力。

遙在佩服的同時回答。

「我們一年級的時候和聽美同班。午休也經常打壘球。」

「原來如此。那應該可以指望妳們。」

秀一高姿態說完，再度面向前方。雖然他說得簡單，不過遙輕易就想像得到，這條坡道前方的牆不像高麗山那麼低。

這一週，聽美完全不來上學。

放學後的教室，秀一對兩人這麼說。

聽美是就讀二年A班、加入排球社的女生。遙與真希在小學時代幾乎沒看過她，不過三人去年同班。

「不是感冒之類的嗎？」

遙問完，秀一明確地搖頭。

「她原本就很少生病。就算我問她父母，他們也不肯明確告知原因。」

「你為什麼這麼清楚？」

「我們是鄰居，從小就認識。而且直到第一學期，我們也會一起回家。」

「是喔……」

也就是所謂的「青梅竹馬」吧。

「聽美從以前就有稍微和他人保持距離的傾向，她的母親拜託我和她好好相處。她真的是從小學就這樣。」

遙在意他架子擺得有點大，但要是逐一批判大概會沒完沒了。遙回應「這樣啊」適度附和。

「而且，她的書桌當然塞滿一週份的講義，A班的人全部寄放在我這裡。」

秀一手伸進書包摸索，取出厚厚的資料夾。新學期講義原本就多，累積一週之後的量非常可觀。

「我要送講義過去。這是我這個青梅竹馬的責任與義務。」秀一以精神抖擻的語氣說：「而且，妳們也要和我一起去。」

「咦？不是你一個人去？」

「不知道為什麼，她不肯見我。我明明很擔心。她這個人真失禮。」

秀一表情變得嚴厲。他嘴裡說是青梅竹馬的責任與義務，但責任與義務都無從完成。

「總覺得狀況很複雜。」遙皺眉說。

「哎，沒關係啦。總之先去看看吧。畢竟我們也很擔心聽美。遙，對吧？」

真希說話像是年長的大姊姊。好想成為能夠自然說出這種話的人。遙看著好友美麗的側臉，同意地回應：「那當然。」

秀一所屬的管樂社，以及遙與真希的壘球社，星期一都不用練習。所以兩人才會事不宜遲在秀一的帶領之下，爬上高麗山。

滴落的汗水快要難以忍受的時候，聽美的家終於出現在眼前。位於高麗山山腰，坐落在坡度稍微平緩之處的獨棟住宅。道路兩側的樹木像是較勁般茂盛生長，蟬鳴聽起來特別近。涼爽的風鑽過樹梢而去。

旁邊大同小異的兩層樓建築大概是秀一家吧。大自然環繞、外型一模一樣的住家。

秀一按下對講機自報姓名，看似母親的人前來迎接。她的頭髮整齊梳到後方挽起來，是氣息高雅的女性。她第一次見到真希與遙，不過說明兩人是聽美的朋友之後，女性爽快地邀請她們入內。

然而……

「那個，雖然難以啟齒……」

聽美的母親抱著歉意看向秀一。秀一面不改色，態度沉穩。

「我知道。我在外面等，請自便。」

「咦？慢著，不用這樣……至少進來喝杯茶……」

「沒關係。要是鄰居誤以為我們男女授受不親，應該會造成困擾吧？」

秀一像是機器人般進行標準鞠躬，然後快步離開玄關。聽美的母親為難地垂下眉角。

看來聽美真的在迴避秀一。

話說回來，「男女授受不親」究竟是……

「請和聽美好好相處喔。」

來到聽美房間前面，伯母淺淺一笑這麼說。遙連忙回應「好的」。匆匆離開前往走廊深處的伯母背影，看起來好渺小。

好好相處喔。

隱藏在聲音深處，近似祈求的想法。遙隱約感受到這個念頭，握緊拳頭。

「……聰美。」

遙戰戰兢兢敲門。明明敲得不是很用力，聲音卻在走廊迴盪，遙毫無來由地縮起肩膀。掛在門上、寫著「聰美的房間」的圓形門牌稍微晃動，勉強才辨識出文字來。

門牌上的字莫名歪斜。大概是兒時寫的門牌就這麼沿用至今吧。遙覺得會心一笑而仔細打量這塊門牌，忽然間發現某個錯誤，差點笑出聲。

「總美的房間」。

這是無法預測的陷阱。一旁的真希也紅著臉忍笑。

「……門沒鎖。」

門後傳來模糊的聲音，兩人連忙挺直背脊。她們輕輕轉動門把，慎重推開「總美的房間」的門，踏入房內。

遙聽著門在身後關上的聲音，覺得期望落空。她還以為會看見亂到不能再亂的房間，但實際位於眼前的是非常平凡的整潔房間。以淡藍色壁紙為背景，擺了一個光滑的木製衣櫃。同樣木製的矮書櫃沿著左側牆壁，和書桌並排放置。牆上掛著鏡子，卻完全沒有海報或照片裝飾。講好聽一點是簡樸，難聽一點是乏味的房間，生活感缺乏到令人毛骨悚然。

唯一大放異彩的，是放在椅子上的鮮紅物體。遙不由得看第二次確認，那個物體……

怎麼看都是蘋果。看起來是布製、約海灘球那麼大、有五官但沒有手腳的普通蘋果，細細的果蒂與葉子附在頭頂。是坐墊嗎……？看起來不像，只能形容為「布偶」的神祕物體……總之這東西帶著奇妙的存在感，光明正大坐鎮在椅子上。

明明完全沒放其他布偶類的東西……究竟是基於什麼品味，讓那個東西坐在椅子上？遙完全無法理解。

擁有這樣微妙品味的主人，位於房間深處的床上。

聽美心不在焉地坐在以蕾絲低調裝飾的棉被上。

留長髮的女生，穿著像是居家服的整套藍色運動服，一頭黑髮擁有驚人的光澤。即使是一身運動服老土打扮也很顯眼的修長體型，具備確實吸引旁人的魅力，卻隱約給人縹渺印象的少女。

她似乎不在乎兩人，憂鬱的雙眼看著窗外。戶外還殘留著光線，但太陽即將西下。風兒吹動的庭院樹枝，看起來像是從窗外揮手。

「怎麼樣？過得好嗎？」

真希向前一步，露出爽朗的笑容問。此時聽美終於揚起視線注視兩人的臉，輕聲一笑。

「我請假沒上學喔，不可能過得好吧？」

「是嗎？但我看妳活蹦亂跳的啊？」

以真希的人品，才說得出這種像是試探的玩笑話。遙緊閉雙唇避免多嘴。

實際上，聽美看起來不像是身體不舒服。雖然瘦，卻只不過是原本的體型，與其說令人擔心，不如說反倒令人羨慕。若要說氣色，秀一比她蒼白又不健康得多。

說到唯一令人在意的地方……就是她的存在感莫名模糊。

包括她淺淺露出的微笑，以及從床邊垂下搖晃的雙腳，像是一個不注意就會消失無蹤般令人擔憂。

「……妳們今天是來做什麼的？」

「啊啊，抱歉。我忘記說了。」

真希輕輕在面前合起雙手，摸索書包，取出秀一交給她的資料夾，「來，這個。一週份的講義。」

真希走到床邊，將資料夾遞給聽美。聽美接過資料夾，低頭注視一陣子之後，以平淡的聲音開口。

「謝謝。不過，樹木好可憐。」

「咦？啊啊，嗯，說得……也是。」

得到這個不可思議的感想，真希不知如何是好。遙也愣了一下，才終於察覺是在說紙張的原料。收到講義之後會擔心樹木的女國中生，就遙所知僅此一人。

尷尬的沉默，降臨在絕對不算大的房內。遙不得已看向蘋果布偶，果然完全沒有可愛的感覺。

遙費心想從這顆巨大的蘋果尋找話題……聽美卻搶先一步拂去沉默，乾脆到令人意外。

「感覺好久沒和妳們說話了。上次是一年級的時候嗎？」

語氣冷淡，卻能從字句各處感受到某種懷念的氣息。對方願意主動搭話，真是幫了大忙。但是遙滿心想要吐槽。

真希彷彿代替遙表達心情，不可置信地開口。

「不對，升上二年級之後，我們午休不是也會一起打壘球嗎？」

「咦，是嗎？好奇怪，大概腦細胞老化了。」

國二就老化啊……

聰美個性酷酷的，卻有點脫線。要是被她的步調拖著走，在各方面都很麻煩，包括蘋果的事情在內。想說的事情多到一隻手數不完，但遙忍了下來。

「嗯，好久不見。」

遙先配合聰美的步調，然後不拐彎抹角，直接說出正題。

「我們很擔心妳。妳一星期都沒來學校，想說會不會是生病之類的。看妳精神不錯真是太好了。」

「擔心……嗎……」

聰美徹底染成漆黑、絕對看不見深處的眼睛，筆直朝向她們。但同時也很難確認雙眼聚焦在哪裡，似乎在看遙，似乎在眺望遙前方的空中，也似乎意識已經飛到不是這裡的遙遠某處。

聰美的嘴角從剛才就一直洋溢微笑，彷彿放棄某些事物的冰冷笑容。

「……我不需要什麼擔心。」

桌上滴答作響的時鐘，秒針走了好幾圈之後，聽美終於移開視線，嘆出又細又長的一口氣。

「我沒事。要舉例的話，大概和燈塔水母一樣沒事。」

「燈……燈塔水母？為什麼是水母？」

「因為燈塔水母不老不死。」

為了混亂的遙，聽美冷靜補充說明。但是感覺謎題反而增加，大概是多心吧。

聽美不繼續多說什麼，以手指玩弄床上手機的吊飾。定睛一看，是小小釘書機造型的吊飾。遙還是無法理解她的品味，但現在不是在意這種事的場合。

「可是，要我別擔心比較不可能。是不是在學校發生什麼不愉快的事？」

即使遙這麼問，聽美也完全不回答。她只是默默和吊飾大眼瞪小眼。遙不知道該怎麼做，束手無策。

接著，真希忽然坐到床邊，也就是聽美旁邊。她像是對女兒說話的母親，以令人安心的聲音說。

「那個，聽美……如果有什麼難受的事，那就說說看吧？不介意的話，我們可以幫忙喔。」

「謝謝。不過，這是不可能的。」聽美的表情依舊冰冷，「我的問題只能由我解決。不，可能不太對。我自己都不知道能不能解決，也不知道是否該解決。」

「是這麼嚴重的問題嗎？既然這樣，更應該由我或遙幫忙……」

「我不懂了。」

真希的聲音被聰美的話語打斷。沒注入任何情感、自暴自棄的話語。正因為毫不矯飾，所以有種莫名的魄力。

「拚命努力、掙扎、吃苦……做到這種程度，也不知道能否順利，不知道能否成為心目中的自己。在這種世界努力有什麼意義，我不懂了。」

房內寒冷到不像是九月，但遙的背脊發涼顫抖。在寧靜冰冷的箱子裡，只有聰美的聲音平淡響起。

「我並不想找方法處理現況。這個狀況是至今最簡單又好懂的情形。我沒想過要求救。反正真希與遙是秀一拜託過來的吧？那傢伙從以前就愛管閒事。」

遙開口想說話，卻像是破洞的氣球，聲音不曉得從哪裡漏出去，沒能成為話語說出口。

聰美像是位於這裡，也彷彿不在這裡。她的眼睛似乎看著吊飾，但其實可能在看完全不同的東西。

「……就是這麼回事。抱歉啦。」

聰美輕推真希的背。真希似乎想說些什麼，但是到最後，她默默從床邊起身。

兩人走出房門的時候，聰美也從未將視線移向她們，感覺只有那個大大的蘋果布偶愛理不理地目送遙她們離開。

「聽美真是的。」

將室內發生的事情經過說給秀一聽之後，秀一打從心底不可置信似地搖了搖頭。

「俗話明明說過，感情再好也要有禮貌。朋友專程送講義過來，她那是什麼心態？真的很沒禮貌。」

「慢著，不用這樣責備到她吧……」

遙說到一半含糊打住。她沿著通往車站的坡道往下走，踢著小石頭。橡皮擦大的灰色石頭發出「喀、喀」的聲響滾落坡道，撞到護欄支柱停止。

秀一家就在聽美家旁邊。其實他不需要走坡道下來，但他說「送妳們到半路吧。只有女性的話，遭遇暴徒襲擊的時候很危險」，不肯聽勸。只是遙認為即使秀一陪同，暴徒的獵物也只會從兩人增加為三人。

「……不過她那種態度，確實令人不以為然。」

「好了好了，遙，別這麼氣她啦。」

「我不是在生氣喔。」

一陣強風從坡道下方往上吹，遙連忙按住頭髮與裙子。短髮長裙的真希並不特別在意，閉上眼睛任憑這陣風吹拂身體而去。

「雖然不是在生氣……但是她願意更坦白就好了。我們是朋友嘛。」

真希不發一語，雙手抱胸，像是在思考某些事。落入遠方山頭的太陽，在天空散發橙色光輝，彷彿將樹頂當成蠟燭點燃。感覺日照時間變得稍微短了。

「至少，聽美現在沒有求助喔。」

真希看向點火棉花般的雲朵這麼說。她的語氣慎重，如同要看準該走的路，穩健踏出每一步。

「即使伸出援手，要是對方不肯抓就沒意義了。」

「是這麼回事嗎？」

遙內心還留著一團迷霧，但她稍微接受了。她再度將落在路面的石頭踢往坡道下方。

但是秀一介入兩個女生的對話，以不悅的語氣開口。

「不過，國中是義務教育，不上學是不被允許的事。」

完全是頑固老爹會講的理論。

「不過，畢竟也不能硬拉她上學，暫時觀望吧。」

「真希同學說得真悠哉。聽美同學的課業進度，請假一天就會慢一天，請假一週就會慢一週，我不能坐視這種事。」

與其說是兒時玩伴，秀一看起來越來越像是嚴格教育的媽媽了。他的抱怨還沒停止。

「而且，希望妳們也不要輕易打退堂鼓。至少要展現一下『數學之力』，不然帶你們過去的我很丟臉。」

「又講得這麼任性……」

她們明明也不是自願離開的。遙想這麼回嘴，但真希以單手制止。秀一快步走下坡道。

「新數學屋」接到的第一個委託，不知為何草草了之，應該說甚至還沒著手處理問題，就這麼被迫暫時撤退。

然後，隔週的星期一。

遙坐在二年B班最後一列，從窗邊數來第二個位子，心不在焉看著窗外。形狀是奇妙梯形的操場上，約二十名棒球社社員勤快跑步。這種大熱天真虧他們跑得動……遙如此心想，卻想起自己平常也在那裡揮灑汗水，逕自笑了出來。

星期一是壘球社休息的日子，同時也是數學屋唯一的營業日。

即使全盛期已過，太陽的凶暴程度依然不減。從窗外射入的午後陽光，毫不留情持續為教室加熱。遙拿著墊板往臉上搧風。

好熱。只有一個人顧店果然寂寞。

「我有空的時候會幫忙喔。」真希嘴裡這麼說，但她也是大忙人。真希是鳴立祭的執行人員、壘球社隊長，遠距教學的模擬考作業肯定也很多吧。她好像隨時都有事情要處理，最近連休息時間都很忙碌。多虧這樣，午休固定進行的壘球或棒球賽也經常少了真希。這麼一來就沒有女投手能壓制男生，氣氛炒不起來。

到最後還是一個人嗎……

「數學屋」的旗幟順著窗外吹來的風輕輕飛揚。空蕩蕩的教室。操場傳來的棒球社吆喝聲與蟬鳴。黑板一角，似乎是男生畫的魯夫與艾斯肖像圖，就這麼留下來沒有擦掉。畫得不太好。

和暑假之前相同的光景。說到唯一的差異，就是那傢伙不在這裡。只是如此而已。如此而已。

遙在心中低語，微微搖頭。

「啊，遙。」

此時，教室前門傳來銀鈴般的聲音，遙驟然抬頭。一名相當嬌小的女生從走廊探頭，馬尾可愛地晃動。

「今天數學屋有開嗎？」

「嗯，正在營業喔。葵，怎麼了？」

「太好了。我想商量一件事。」

她可愛地微笑，露出酒窩。有著惹人疼愛的大眼睛、乍看會誤認為學妹的這名女生，是遙在壘球社的同屆社員葵。光是看到她的笑容，即使是身為女生的遙，也莫名覺得精神都來了。

「其實……」葵說到一半，像是想起什麼般轉身向後，朝著走廊的某人招手。

「啊，可以進來喔。」

「打擾啦。」

隨著輕快聲音現身的人，遙一看見就不禁「嗚」地呻吟。高到必須抬頭看，稍微屈身入內的這個人是……

「浩介學長……」

「嗨，小遙，好久不見。」

明知失禮，遙也克制不了臉頰抽搐。或許他是遙在東大磯中學最不想遇見的人。

三年級的浩介學長，是葵的男友。

直到最近，遙才第一次和浩介交談，所以不是很認識浩介這個人，或是他們兩人的關係。

不過，他有某些讓人見過一次就再也忘不了的特質。

首先，他個子高大。

雖然也是因為和嬌小的葵站在一起，但還是很高大，可能超過一百八十公分。排球社上屆隊長可不是蓋的，他光是走在校內就難免引人注目。

不只如此，浩介還挺英俊的。高挺的鼻梁、尖細的眉毛，一雙眼睛卻洋溢柔和溫暖的顏色。像是公雞頭倒豎的頭髮，彷彿電視上的運動員。

是的，他是公認的帥哥。前提是不說話。

「最近怎麼樣？過得好嗎？」

構圖變成浩介從上方俯視遙，她不禁惶恐縮起肩膀。

「總之，還不錯。」

「這是怎樣，真冷淡。難道小遙討厭我？」

「或許吧。」葵說完，浩介以誇張的動作抱頭。

「啊啊，果然嗎……！我打從娘胎出生到現在最害怕的事情成真了……！」

「講這什麼話，又不是世界末日……」

遙暗自輕輕嘆氣。

浩介情緒總是這麼亢奮，就像是獨自站在戲劇的舞台。遙本來就不擅長和年紀比她大的人相處，加上身高差距這麼大，真的很難應付。

不，講得更直接一點，就是非常麻煩。

「是哪裡出問題呢？我果然得更加研究女人心才行！小遙，如果哪方面希望我怎麼做，不用客氣儘管跟我說喔！」

可以的話，希望你立刻把嘴唇縫起來。

「阿浩，遙越來越為難了。你做這種事會被她更加討厭喔。」

「啊啊！這就糟了！」

「我並沒有討厭你就是了……」

遙連忙將手舉到面前，搖手否定。不過，這麼做似乎是錯的。浩介眼神一閃，朝著葵露出惡作劇般的笑容。

「看吧，小遙人很好。妳也要向她看齊。」

「遙，對不起。他是怪人。」

「不，這不是妳的錯。」

遙回應之後察覺一件事，葵臉上絲毫沒有不耐煩的氣息，她露出如同忙著應付任性孩童的母親，即使困擾卻隱約愉快的表情。至少就遙看來是如此。

他們感情真好……

遙內心一陣酥癢，微微一笑。

「總之，請坐。」遙邀請兩人坐在附近的空位。

「謝謝！」浩介非常開心地說著，坐在遙正前方。葵也立刻坐在他身旁。

「今天我們不是來打擾的，是真的有事來找妳。」

「一點都沒錯！有件事想拜託溫柔的小遙幫忙。」

「拜託？」

遙稍微皺眉，交互看向浩介與葵。葵維持笑容默默點頭，大大的馬尾輕盈搖晃。

浩介裝模作樣地將食指豎在面前。

「妳知道我是鳴立祭執行會的副會長嗎？」

「不，完全不知道。」

「啊啊，居然不知道。那麼一定要趁這個機會記住喔。」

浩介手心輕拍額頭，接著握拳豎起拇指向前。雖然一舉一動都很誇張，不過和他在一起應該不會無聊。

「所以，我不只要輔佐會長，還負責會場布置之類的工作。現在方針大致敲定，卻只剩一個問題還在傷腦筋。」

浩介說到這裡，像是賣關子般停頓，然後如同在傾訴祕密般低語。

「就是正門。」

剛才的表演真的有必要嗎？這個疑問在遙腦中成為漩渦，不過當事人演得很滿足，所以她沒特別指摘這一點。

「說來當然，客人是從正門進來的。如果正門布置得好，大家肯定會抱著期待進場，更享受這次的鳴立祭。第一印象果然很重要。」

「嗯，說得也是。」

浩介說得意外正經，遙稍微放心了。表面上吊兒郎當，骨子裡很認真，浩介就是這樣的人。到頭來，如果他從頭到腳完全是怪人，葵不可能會喜歡他。浩介是鳴立祭執行會的副會長，在排球社也是隊長，所以再怎麼說應該也受到眾人信賴吧。

可是……

這樣的浩介居然找我這種人拜託事情，究竟是為什麼？

遙有些疑惑，歪過腦袋。然後，浩介說的下一句話，讓她懷疑自己聽錯了。

「所以，我想請遙設計最適合裝飾本校正門的拱門。」

「咦？」

遙不禁以莫名高八度的聲音起反應。她微微臉紅，清了清喉嚨。

「……那個，這種事，不是應該拜託美術社之類的……」

「不，這可不行。因為他們忙自己的展覽作品就忙不過來。從設計到實際製作，是由鳴立祭執行會分工進行……不過就算這樣，還是有一個問題。」

浩介面有難色，雙手抱胸。椅背在他身後軋軋作響。

「執行成員之中，沒有任何人有美術天分。」

「對不起，讓妳陪我們做這種怪事。」

葵坐在圓桌正對面，抱著歉意這麼說。

「不用在意，沒關係的。協助遇到困難的人，本來就是『數學屋』的職責。」

遙慎重翻閱厚厚的書本，笑著回答。書脊發黃的書本堆積如山。

《美麗算式的世界》、《建築與數學》、《空間圖形入門篇》……

這是遙與葵剛蒐集過來的數學書籍。她們將圖書室裡看似相關的資料全部拿來，堆得像是比薩斜塔。這些書最近都沒有出借痕跡，上方累積一層薄薄的灰色塵埃，彷彿老人的白髮。

「連妳都來幫忙，反倒是我該道歉。」

遙聳肩示意。讓客人幫忙店裡的工作，仔細想就覺得亂七八糟，但也只能請對方原諒，因為遙的方針是「一起思考您的煩惱」。

「沒關係，因為我也是鳴立祭執行人員。」

葵挺胸說完，再度低頭看向像是古文書的數學書籍。

葵是比遙還不擅長數學的女孩。即使如此，她還是和羅列的方程式與記號奮鬥了好一陣子。但過了十五分鐘，她開始抱頭呻吟。耳垂染成粉紅色，是她大腦過熱的訊號。到了這個地步，葵的注意力就撐不下去了。

這也在所難免。遙也一樣，如果不用研讀就能了事，她也想罷手。放學後的圖書室完全沒有其他學生，一如往常冷清得令人擔心，讓人懷疑這所學校沒有文學少年少女，考生也已經滅絕。

除了葵的吱唔呻吟和遙翻頁的聲音以外，一切彷彿都從世界消失，只有濃密的寂靜。

遙翻完《美麗算式的世界》的最後一頁。她專心閱讀到幾乎頭痛，卻沒有看起來和「設計美麗拱門」相關的項目。遙輕輕吐出一口氣，雙手闔上書本。隱約揚起一陣灰塵味。

「葵……妳和浩介學長，是在這次的鳴立祭交往滿一週年嗎？」

遙朝著下一本書《建築與數學》伸出手，如此詢問。她的聲音平靜，以免擾亂洋溢寧靜的空氣。如同手輕輕地伸進水池，避免濺起水花。漣漪緩緩擴散。

「……嗯。」

葵看著手上的書，輕聲回答。遙邊翻開封面邊偷看她，發現葵耳垂的粉紅色稍微變深。

「學長那麼輕浮，應該很辛苦吧？」

「總之，有點啦。」

「妳接任執行人員，該不會是浩介學長拉妳加入的吧？」

「唔，也可以這麼說嗎？」

即使遙問得很沒禮貌，葵也不生氣。

「不過……對於阿浩來說，這次的鳴立祭是國中最後的活動。他無論如何都想辦成功。」

「對喔。鳴立祭結束後就要考高中，再來馬上就畢業……」

「嗯。」

葵瞇細雙眼，視線投向窗外。校舍後方的田地、樹和遼闊的天空被窗框截取下來，像是一張四方形的繪畫。數名穿V領上衣的男學生橫越這幅恬靜的景色。

國中最後的活動嗎……

麻雀忙碌地交相飛翔在樹木之間，遙心不在焉注視鳥群，如此心想。樹林的葉子依然茂盛，完全不顯枯萎。即使如此，葉子也會在不久的將來悉數變色，在北風中飛舞凋零，最後留下枯骨般的樹枝消失吧。

事物大多有終結的時候。即使現在毫無徵兆，「那瞬間」也會不知不覺接近，在某天忽然向自己搭話。樹葉會凋零，學長會畢業，無限持續沒有終結的事物非常罕見。是的，非常罕見。

不過，有例外。

「……舉例來說，質數。」

「咦？」

遙突然低語，葵驚訝地抬頭。遙不以為意，視線移向天空的雲朵。白雲隨風相互重疊，任性地緩緩流逝。遙繼續低語。

「……舉例來說，y=[x]。」

「等一下，怎麼了？」

葵有點擔心般，表情一沉。遙試著尋找適當的話語，腦中遼闊如海的場所，出現數不盡的數字群。

無窮無盡，無限延伸的質數。

以及即使斷斷續續，依然往上描繪永恆階梯的y=[x]圖形。

那名少年的隻字片語在眼前稍縱即逝，消失在數字之海。愛好數學的少年曾經牽著遙渡過遼闊大海，帶她前往「無限世界」的一角。他不在這裡。

遙過於無知，無法代替他訴說「無限」。

「……沒事。」遙輕輕搖頭。

「我只是想說，是否真的終結，必須等那一刻來臨才知道。以為會持續的事物可能會突然終結，以為會終結的事物也可能出乎意料持續下去。」

「什麼意思？」

「嗯，我也不太清楚。」

遙回答之後，葵像是松鼠的雙眼越來越圓。她的表情很有趣，逗得遙笑了。浮現在腦中的無限之海，遙暫時和這張想像圖道別。

「啊，我聽真希說……」

葵翻動著書頁翻來翻去，有點難以啟齒地開口。

「妳接到很難的委託對吧？」

葵大大的眼睛蒙上些許陰影。遙立刻明白她在說聽美的事。

「嗯，算是吧。」

「解決得了嗎？」

「不知道。應該說，我們根本連問題都還沒找到。」

遙率直透露心情。聽美不肯對遙她們打開心房，感覺像是明明來應考，考官卻不發考卷。

「世事總是不盡人意。」

「是遙就沒問題的。妳比任何人都努力。」

「是嗎？」

葵點頭如搗蒜。看到她像是娃娃的動作，遙的心頭就一陣暖意。

這個可愛的小傢伙。

「好啦，別講這個，繼續吧。」

遙重新振作，再度翻開近似古文書的書頁。葵歪了歪腦袋，然後和遙一樣將視線移回手邊。

兩人再度對抗一串串的方程式。

「我一直在想……」終於檢視完第一本書之後，葵略顯猶豫地說：「美學天分和數學，再怎麼說也差得太遠了吧？」

「不會喔。」

遙翻開手上的書，轉過來給葵看。是一本比較大的單行本，雪白的精裝封面看起來很高貴。

「妳看這裡。」遙指著她翻到的頁面某處，「《美與數學的歷史》這本書。」

「《美與數學的歷史》？」

這一頁上半部是金字塔照片，下半部是解說。葵像是要撈起書中內容，念出遙所指的部位。

「我看看，『古埃及的金字塔形狀看似單純，其實建造時經過縝密的數學計算』……」

寧靜的圖書室內，葵的聲音輕飄飄地迴盪，溫柔的聲音彷彿安撫內心的背景音樂。

「『舉例來說，古夫王的金字塔，基於高度的天文觀測進行計算，幾乎正確朝著正北方建造。不只如此，〔塔高〕和〔塔底周長〕的比例是圓周率的兩倍，也就是幾乎等於〔2π〕。就像這樣，看起來美麗的建築物，構造上往往具備數學的整合性』……哇，金字塔是幾千年前建造的吧？原來以前的人也會使用數學啊。」

「好像是。」

遙點點頭，翻過書本看封面，書名《美與數學的歷史》旁邊是「上集」兩個字。看來數學和藝術的關係沒有膚淺到一本書就足以收錄。遙從一旁堆積的書籍取出下集。

「我想，這套書某處肯定有設計的線索。葵，妳查下集，我繼續看上集。」

「唔，嗯。」

葵有點緊張地接過下集，遙翻開上集的內頁，昔日偉人尋求的美麗世界，藉由數學語言熱情訴說。

在數學領域也很優秀的畫家李奧納多．達文西，他使用數學的思考方式「透視法」，打造出名為「文藝復興」的時代。

試著將數學與藝術融合的版畫家莫里茲．柯尼利斯．艾雪，他完成了表現出「無限世界」的劃時代作品「漩渦」。

遙不知道艾雪，但是知道達文西，是繪製「蒙娜麗莎」與「最後的晚餐」、鬍鬚像是拖把的大叔。依照這本書的說法，他活躍於十五至十六世紀。數學與藝術從這麼早的時代就密切關聯，許多人受其魅力吸引。

老實說，書上寫的內容，遙連一半都看不懂。

如果那傢伙在這裡……大概會說明數學和藝術的關係吧。應該會停下腳步仔細教導，讓不擅長數學的遙也輕易理解吧。

數學家可以做任何人。

昔日在圖書室聽他聊「高斯」的遙，回憶如今不在此處的某人聲音。

兩人研讀《美與數學的歷史》約半小時後，銀鈴般的聲音拂去鴉雀無聲的空氣。

「遙……妳看這個。」

「嗯？」

遙揚起視線一看，葵幾乎要把鼻尖貼在紙上，目不轉睛看著打開的書頁。遙以為發生了什麼事的，探出上半身。

書頁上是大大的雕像照片，沒有雙手的窈窕女性，洋溢難以捉摸的氣息……

「米羅的維納斯？」

「對。妳看這裡。」

葵說的是旁邊那頁的解說文字。遙雙眼追著每字每句，緩緩念出內容。

「我看看……『米羅的維納斯是古希臘製作的大理石雕像。〔頭頂到肚臍〕的長度，和〔肚臍到腳尖〕的長度，幾乎是〔$1:\frac{1+\sqrt{5}}{2}$〕，也就是〔黃金比例〕』……$1:\frac{1+\sqrt{5}}{2}$？」

「沒錯！書上說這是理想的體型！」

葵一臉開心的表情逕自說下去。理想的體型？

看到遙詫異的模樣，葵的耳垂再度染上些許粉紅色。她連忙翻到下一頁，指著正中央區域。

「這裡寫道，『米羅維納斯的體型，據說是女性的理想體型』……」

遙照她說的閱讀文章，上面記載的內容確實如葵所說。

「那個，我坐下來的高度是……」

葵雙手分別按著頭與腹部，開始輕聲自言自語。看來她在思考自己的身體比例。遙嘆了口氣規勸她。

「我說啊……坐下來的高度是『頭頂到屁股』的長度吧？和『頭頂到肚臍』不太一樣喔。」

「啊，對喔……那我在家裡自己量。」

表裡如一的純真笑容。在沒有動靜的圖書室裡，只有少女的笑容美麗地沐浴在窗邊陽光下，浮現成為幻想般的光景。遙瞬間看到入神，連忙微微搖頭。

差點忘了。關於葵是不是天使，之後再慢慢驗證就好。現在有更重要的問題。

「如果是真希，她應該接近『理想的體型』吧？我如果再長高一點也……」

「……不提這個。」

葵愉快說出的話語，遙以咳嗽聲打斷。她翻回一頁，再度打開刊登米羅維納斯的頁面。

「我很在意『黃金比例』這個詞。」

遙輕輕指向該頁一角。

「妳看，這裡：『黃金比例不只在藝術，也常見於歷史建築物。例如古希臘的帕德嫩神廟、法國的凱旋門』……」

遙目光追著小小的文字，念出內容。刊登在米羅維納斯旁邊的照片，是白色圓柱等距排列、歷經滄桑的帕德嫩神廟，文字說明該神廟的高度與寬度比例接近1：$\frac{1+\sqrt{5}}{2}$≒1：1.618。古代的藝術即使數千年來持續接受風吹雨打，依然默默表述蘊藏在其中的數學。

「……啊，這裡。『小提琴的名琴——史特拉底瓦里的設計也利用黃金比例』，和音樂也有關耶。」

遙補充說明後，葵露出似懂非懂的表情。或許是無法想像「史特拉底瓦里」是什麼東西。遙當然也不清楚。雖然不清楚，但她隱約看見自己該走的路了。

「使用『黃金比例』，就設計得出美麗的拱門吧？」

遙打開筆記本，寫下：黃金比例　$1:\frac{1+\sqrt{5}}{2}\fallingdotseq 1:1.618$。

什麼嘛。即使那傢伙不在，我也挺行的。

遙的心情自然高昂，如果現在走在路上，肯定會下意識地踩起小跳步吧。明明坐著，內心卻雀躍不已。

葵圓滾滾的眼睛像是彈珠般閃閃發亮，交互看著筆記本以及《美與數學的歷史》好一陣子。但她好像不經意發現某些東西。「咦？」她輕聲說。

「那個，遙……」

「嗯？什麼事？」

「這裡還寫到『白銀比例』喔。」

「咦？」遙嚇了一跳，看向葵所指的部分。該頁最後一段，剛才看漏的數行，寫著「自古以來以美麗比例聞名的，不只是『黃金比例』」，同時記載著完全不同的方程式。

白銀比例　$1:\fallingdotseq 1:1.414$

「『黃金比例』與『白銀比例』，要用哪一個？」

葵雙眼散發純真的光輝問道。好不容易找到的逃離路線，在遙的面前突然分成兩條。出口在右邊？還是左邊？還是說，往前走又有其他岔路在等待？

看來，數學不肯這麼輕易告知出路。

遙露出苦笑，翻開書頁，再度縱身跳入依然遼闊的知識之海。

「『白銀』這個名稱比較帥氣。」輕盈晃著馬尾行走的葵這麼說：「『黃金』感覺有點老套。」

「或許吧。但是不能以名稱來決定吧？」

走在一旁的遙說完，葵回應「嘻嘻，說得也是」吐出舌頭。光是這樣就好想摸摸她。可愛果然是正義。遙實際感受著這個道理，視線投向前方。

在那之後，兩人仔細比對「黃金比例」與「白銀比例」的說明。使用「黃金比例」的是「米羅維納斯」、「帕德嫩神廟」以及「凱旋門」等歐洲藝術。使用「白銀比例」的是「法隆寺」或工匠工具等日本建築相關的物品。

這次要製作的是「拱門」，聽起來是歐式建築，使用「黃金比例」應該比較好吧。這是遙和葵好好討論之後得出的答案。雖然理由牽強到令人說不出話來，但藝術或許出乎意料就是這麼回事。

「好啦，來測量吧。幫我拿那邊。」

她們抵達正門，遙立刻取出捲尺，將其中一端交給遙。這是遙成為代理店長之後隨身攜帶的十公尺捲尺。葵一臉嚴肅，以雙手謹慎捧著捲尺一端。

已經放學一段時間了，但是距離社團活動結束還很早。測量正門的尺寸應該不會妨礙到任何人。

「我看看，正門的寬度是……六公尺。」

遙將捲尺從正門一邊拉到另一邊，然後這麼說。拱門寬度配合這個數字就沒問題，再來只需要計算拱門高度，讓高度與寬度的比例成為1：$\frac{1+\sqrt{5}}{2}$就好。

什麼嘛，比想像的還要簡單。

遙如此心想，不經意仰望天空。腦中想像將來搭在這裡的拱門。這道拱門具備數學的美感，前來參加鳴立祭的人們，將由這道拱門引導進入快樂的時光……

「啊……」

遙思考到一半，仰望天空僵住，嘴巴也張著好一陣子。直到葵以擔心的聲音詢問「怎麼了？」，遙滿腦子都一片空白。

「那個……」

遙指尖向上。葵跟著將視線移過去，同樣輕輕「啊……」一聲之後僵住。

這下子怎麼辦？烏雲毫無徵兆就密布天空，遙好想抱頭。

正門兩側種植高大的櫻花樹。會在入學典禮的時期盛開，愉快迎接一年級新生加入，是東大磯中學引以為傲的櫻花樹。不過如今只剩下葉子的樹枝，看起來像是阻擋遙等人去路的壞心眼魔手。

從外側看過來右手邊的櫻花樹，其中一根樹枝伸向正門中央。位置剛好貫穿遙想像的拱門。樹枝沙沙晃動。

「那根粗樹枝，可能會撞到拱門……」

葵代替沉默的遙輕聲說。看起來果然會這樣。

如果設計拱門的時候忽略樹枝，真正製作的時候被樹枝妨礙，那麼問題可大了。

「還不知道喔。總之，測量高度吧。」

「怎麼測？」

「問我怎麼測，就是……」

遙說不出話來，隨手捲動手上的捲尺。捲尺必須有人固定兩端，否則派不上用場。突出的樹枝是疊羅漢搆不到的高度，總不能讓葵爬樹……

傷腦筋。真的傷腦筋。

遙束手無策，只能緊握捲尺。

就在這個時候……

「喂，妳們兩個在做什麼？」

兩人仰望樹枝無計可施的這時候，後方突然有人叫住她們。遙與葵嚇一跳，朝校舍方向轉身。

三分頭的高大男學生，在穿過正門的位置停下腳步，一臉疑惑地站著。

「呆站在這種地方，究竟怎麼了？」

「翔，我才要問，你的社團活動呢？」

遙像是要掩飾尷尬，稍微加重語氣。翔微微皺眉，搖晃背在肩膀的黑色亮皮包包。

「快要比賽了。為了調整狀態，今天的練習提早結束。」

「啊，對喔。地區大賽快到了。」

遙回應之後，翔不發一語微微點頭。

翔是棒球社的隊長。態度與說話方式有點粗魯，但其實非常努力，最近也受到社員的高度信賴。此外，學業成績也意外地優秀。

只不過，他的反應總是冷淡，不知道內心在想什麼，所以遙從以前就不擅長面對他……

吹起一陣有點強的風，遙連忙按住頭髮。三分頭的翔當然不在意風。

「我再問一次，妳們在這裡做什麼？」

「設計拱門嗎……」

翔聽完來龍去脈，雙手抱胸看向正門，接著視線慢慢往上，最後瞇細雙眼注視著突出到頭頂的樹枝。遙朝著頭抬到正上方的翔開口。

「雖然設計得出來，不過那根樹枝可能會擋到。為了以防萬一，我想知道樹枝的高度……」

「只用捲尺量不出來，才會呆呆站在這裡是吧？」

被說到痛處，遙「嗚」地呻吟，不禁將手上的捲尺藏到身後。

雖說是代理，但是「數學屋」的店長脫線到量不出樹枝高度而困擾，足以被人瞧不起了。遙低著頭，聲音顫抖。

「沒錯，我想不到好方法……」

翔什麼都沒回答，就只是維持冰冷的表情，雙手抱胸。V領上衣的袖口露出晒黑的粗壯上臂。葵為難般垂下眉角，觀察兩人的樣子。

「借我看看。」

「啊？」

「捲尺啦，借我一下。」

翔嫌麻煩般嘆口氣，長滿繭的手伸到遙面前。這種高姿態令遙有點不高興，卻立刻想到他就是這種人而不再計較。遙不得已，將捲起來的捲尺扔給翔。翔在半空中粗魯接下捲尺，然後立刻拉長。捲尺前端從翔的手中落地。

「慢著，你要做什麼？」

遙連忙詢問，但翔面不改色，就只是一直拉長捲尺。拉長的捲尺立刻在地面盤繞。

「那是我的捲尺，你可以小心一點嗎？」

「別吵，總之看著吧。」

翔直到手中的捲尺變得很小後才停止動作。他目不轉睛注視著剩下的捲尺，像是確認手感般重新握好，然後朝校舍方向退後兩、三步，突然往上扔。

「啊！」

遙與葵同時大叫，目光追著球體跑。球體像是將拉長的尺身當成尾巴，拖著飛舞到高空，最後越過伸長到正門正上方的樹枝。

啪！

翔若無其事，左手接住落下的捲尺球，動作看起來非常輕鬆。原本落地的那一端，如今在頭頂晃動。

翔將落下的捲尺團遞給遙。

「好啦，幫妳勾住了。不是纏在上面，所以拆下來的時候肯定也沒問題。只要用扯的，應該可以輕易拿下來。」

「謝……謝謝。」

遙以雙手手心小心翼翼接過捲尺，含糊地說。朝正上方延伸的尺身，以絕佳狀況掛在樹枝上。

「……可是，用這種方法沒關係嗎？一點都不像數學屋。」

「啊？」翔眼睛立刻混入瞧不起的神色，「妳在說什麼啊？畫『輔助線』不就是正統的數學手法嗎？」

「啊！」

聽到棒球小將的這句話，遙簡短一叫，連忙看向從自己手中延伸的捲尺。

「輔助線？」

「就是在思考圖形問題的時候，自己加畫的線。」

葵歪過腦袋，翔嫌麻煩般對她說明。不過遙已經幾乎聽不進去他們的對話，她從下往上、接著從上往下，持續注視捲尺畫出的線。

直到兩分鐘前還不存在的線，將自己和樹枝連結在一起，就這麼默默延伸，彷彿在提供解決圖形問題的路標。

「正門」與「樹枝」，將這兩個圖形結合起來的可靠「輔助線」。

「咦……可是這樣的話，葉子會擋到視線，看不到刻度。」

葵搖晃馬尾為難地說。確實，捲尺勾住的櫻花樹樹枝茂盛長滿綠葉，擋住最重要的刻度。

「這麼一來，到最後還是不知道高度。」

「妳就不懂了。這種程度用計算就好吧？輔助線就是為此而拉的。」

「就算叫我們計算……」

葵不安地愁眉苦臉，這次是求救般看向遙。不過說來遺憾，遙也不可能這麼快就冒出好點子。即使被指點捷徑，不過在過於險峻的山路，也只能進退兩難。

遙與葵轉頭相視時，翔聳了聳肩。

「真是的。既然自稱『數學屋』，稍微用點腦袋好嗎？」

翔的說法也太過粗魯。遙頓時不高興，原本想要頂嘴，但是葵規勸她「遙，妳的表情好恐怖」而打消念頭。

翔用下巴朝著捲尺示意。

「把捲尺前端放在地面，做個角度吧。」

「咦？」

遙不明就裡，出聲反問。翔沒多說什麼，只是抬頭注視櫻花樹枝不動。遙太陽穴周圍微微抽動。「就說了，遙，妳的表情很恐怖。」葵再度提醒。

遙想說的話很多。不過翔相當聰明，這也是事實。到最後，遙決定乖乖照他的建議去做。

遙從書包的筆盒取出半圓形的量角器，緩緩移動到櫻花樹枝下方，為下垂的卷尺做角度。

以地面與捲尺做角度……

捲尺從地面朝著樹枝斜斜延伸。遙擺好量角器之後抬起頭。

「所以，你說要做角度，具體來說是幾度？咦？翔？」

遙就這麼蹲著，轉頭環視四周尋找翔。她到處都看不見三分頭少年的身影，反而和一臉歉意的葵四目相對。

「那個……他已經走掉了。」

遙明白自己臉上的表情都消失了。

第一學期，遙他們的數學屋接受翔的委託，協助矯正棒球社社員的偷懶習慣。後來也曾經短暫和翔一起面對難題。

當時遙認為，這麼一來或許可以和翔相互理解。

不過，還是不行。就算月亮掉下來，自己也沒辦法和那個冷漠的男生合得來。

心情莫名變得煩躁，遙噘起嘴。

此時，又吹過一陣強風，遙的頭髮大幅擺向側邊。按住頭髮與裙子的同時，樹枝沙沙的摩擦聲也傳入耳中。遙驚覺不妙，仰望頭頂。掛在樹枝的捲尺一端輕盈搖晃，令人提心吊膽。葵似乎也察覺不妙，輕聲發出「啊」像是哀號的聲音，然後連忙雙手摀住嘴。

看來沒空悠哉面對了。

「雖然有點不願意……不過翔難得給了提示，所以思考看看吧。」

遙確認手中捲尺團的觸感。葵笑著點了點頭，兩頰露出小酒窩，是非常可愛的笑容。遙也跟著微笑，氣沖沖的心情彷彿被洗得乾乾淨淨。

繼翔之後要踏上歸途的棒球社社員帶頭，早早結束社團活動的學生零星出現在正門。他們毫不例外以可疑的眼神看著遙與葵，穿過正門離開。葵似乎覺得害羞，心神不寧地環視四周。

「怎麼了？東西勾到了嗎？」

「啊，沒有，不是的。我們沒事。」

看起來是棒球社社員的陌生男同學搭話，遙連忙在面前搖手。對方露出似懂非懂的含糊表情，但沒有多問就離開。

不能一直這樣下去，得趕快結束才行。

遙朝著葵遞出捲尺。

「幫我拿一下這個。」

「咦？我拿？」

「嗯，我要拿文具跟筆記本。」

遙將捲尺一端交給葵，摸索書包，依序拿出筆記本與筆盒，確認內容物。

「除了捲尺與量角器，可能會用到的只有三角板嗎……」

遙覺得自己很像漂流到無人島的人，活用有限的工具突破困難。但她只是要測量樹枝高度，這麼講或許誇大其詞吧。

不對，不能這麼說。正因為是這種程度的問題，更應該以有限的工具解決。

遙依序看向葵手上的捲尺團、延伸出來的輔助線以及兩人頭頂高空突出的樹枝，然後再度低頭看向手中的工具。

筆記本、自動鉛筆、量角器、三角板。

遙閉上雙眼，在眼前遼闊的黑暗中，想像一座巨大的迷宮。目標終點是樹枝高度，但是已知的線索只有角度。

明明想測量長度，卻只知道角度……

「……啊啊，對喔。」

遙低語之後睜開雙眼。

光線射入黑暗，彷彿要揭開迷宮的全貌。面前如同浮現一條光之路，引導遙從起點通往終點。解法靜靜降落在遙的手中。

「確實有方法可以從角度算出長度。」

「從角度……算出長度？」

葵像是松鼠的眼睛變得更圓。這是洋溢好奇心的眼睛。一陣微風吹過，可愛的馬尾和樹枝垂下的捲尺一起搖晃。

「比方說，這個三角板。」

遙說完，將兩片三角板的其中一片三角板高舉在眼前。直角三角形像是長槍一樣尖尖的，三邊長度都不同。

「如果將最短邊的長度設為1，三邊的長度比就是$1:2:\sqrt{3}$。」

「這種事，是怎麼知道的？」

「角度是三十度、六十度與九十度的直角三角形，三邊長度肯定是這個比例。這好像是升上三年級會學到的。」

「哇，原來如此。」

「所以，葵，那條卷尺給我。然後站在捲尺前端勾到樹枝的正下方。」

「正下方？」

葵如此反問，似乎聽不太懂遙想表達的意思。不過她注視手中的捲尺，以正經的眼神回答。

「嗯，知道了。」

葵將捲尺交給遙，然後像是小動物般開始踱步，走到正門的正中央區域之後抬起頭，稍微左右微調位置，開口說道。

「這裡好像是正下方喔。咦？」

「嗯，就這麼別動。」

葵發出有點疑惑的聲音，所以遙叮嚀她別動。至於遙自己則是再度蹲到地面，測量捲尺和地面的角度。遙一點一點移動捲尺，像是要調整到特定角度。

「好，這裡是六十度。」

地面與捲尺剛好呈六十度的時候，遙抬起頭。捲尺在遙與樹枝之間拉直，樹枝正下方是葵。

遙拿起附近的石塊，在腳邊畫記號。灰色水泥地面稍微磨損，她畫出一個白色的叉。

遙用力拉捲尺，勾在上方的前端只稍微搖晃樹枝，就滑順地鬆脫落下。

葵的眼睛瞪得好大。

「咦？可以拿下來了？」

「嗯，沒問題。」

已經不需要輔助線了。遙維持著蹲姿，在膝蓋上打開筆記本。

「試著回想剛才的三角形吧。」遙按出自動鉛筆的筆芯。

葵還沒回應，遙就迅速在筆記本畫圖。

遙、葵、樹枝、輔助線。

「我現在坐的位置是A點，葵站的位置是B點，然後捲尺勾住樹枝的位置是C點。想

C
60°
B
A
葵
遥

像這個三角形ＡＢＣ吧。」

遙邊說邊動手畫圖。其中一邊長達數公尺的巨大三角形。

將∠A調整為六十度。ＢＣ邊和地面垂直。所以……

「啊！」

「沒錯。三角形ＡＢＣ的三個角分別是三十度、六十度與九十度。」

而且，角度是三十度、六十度與九十度的三角形，三邊的比是$1:2:\sqrt{3}$。遙在筆記本寫上利用這個定理的簡單算式。

$$\overline{AB}:\overline{BC}=1:\sqrt{3}$$

$$\overline{BC}=\sqrt{3}\,\overline{AB}$$

「所以，樹枝高度的ＢＣ長度，只要測量ＡＢ邊的長度，也就是我和葵的距離就可以算出來。」

遙轉動自動鉛筆一圈這麼說。這條算式非常簡單，以數學屋的工作來說或許是小兒科。不過，即使這樣也好。因為簡單的問題沒必要故意想得艱深。

遙導出的算式，通往迷宮終點的路線，是清爽又可愛的算式。遙感到滿足。

「所謂的『以常人標準請客』[1]，究竟要花多少錢請客？」

葵以孩童般的純淨雙眼詢問。她的視線從剛才就盯著遙的筆記本。

「這種事，我不知道。」

遙回答之後，想起自己也曾經抱持類似的疑問。記得是操場爭奪戰那時候。感覺是很久以前的事，其實頂多只是四個月前。

遙停下拿自動鉛筆書寫的手，往後靠在椅子上。摩擦聲悄然滲透寧靜的圖書室。

窗外的夜幕即將低垂。遙的筆記本上排列著剛寫好的新鮮算式。

設定：$\sqrt{3}=1.732$

$$
\begin{aligned}
\overline{BC} &= \sqrt{3}\,\overline{AB} \\
&= 1.732\times 2.4 \\
&= 4.1568 \\
&\fallingdotseq 4.16(m)
\end{aligned}
$$

兩人確定ＡＢ邊的長度是二點四公尺之後，來到圖書室勤快計算。平方之後會成為三的數字，$\sqrt{3}$，其近似值是「以常人標準請客」的諧音，也就是一．七三二〇五〇八。將

1　此處為諧音。因為$\sqrt{3}$大約等於1.7320508，日語念起來近似「以常人標準請客」。

這個數值套用在$\overline{BC}=\sqrt{3}\,\overline{AB}$，就知道樹枝高度大約是四點一六公尺。

那傢伙之前教的諧音記憶法，派上用場了。

遙將算式輸入手機驗算，輕聲笑了。

「啊，我也算完了。」葵將自動鉛筆放平在筆記本上，「遙，總覺得我的是不是比較難算？」

「咦？沒那回事吧？」

遙以裝傻的語氣回應，在內心吐舌頭。她請葵計算拱門的高度。寬度配合正門設為六公尺，然後將高度和寬度的比調整為黃金比例。其實葵要計算的份量多了一點點，但這不是惡整，是單純的巧合。

謝啦，葵。遙暗自低語，看向她的筆記本。

「拱門高度」設為x(m)，設定：$\sqrt{5}=2.236$

$$x:6=1:\frac{1+\sqrt{5}}{2}$$

$$x\cdot\frac{1+2.236}{2}=6$$

$$x=6\div1.618$$

$$x\fallingdotseq3.71(m)$$

「原來富士山有鸚鵡啊。我不知道耶。」

「不，我想應該沒有。」遙立刻否定。

「咦？」葵尷尬一笑。她耳垂染成粉紅色，大概是有點不好意思吧。

$\sqrt{5}$近似值的諧音是「富士山麓鸚鵡叫」，二・二三六〇六七九。鸚鵡與富士山只是方便諧音搭配，實際上這種組合相當詭異。有人說這是一種「風雅」，但遙絕對無法同意。

「總之這麼一來，『數值』就湊齊了。」

遙在胸前輕拍雙手。遙的筆記本與葵的筆記本。遙動著自動鉛筆，將分成兩份的「數值」集中在同一處。

$x \fallingdotseq 3.71\ (m)$

$\overline{BC} \fallingdotseq 4.16\ (m)$

$\overline{BC} > x$

「拱門高度的x值，比樹枝高度的BC小。也就是說，就算製造黃金比例的拱門，也不會碰到那根樹枝。可以不用擔心地準備了。」

遙說完，葵低調拍手。聲音在無人的圖書室內，像是煙霧般輕盈擴散。遙有點難為情，視線移向窗外。柵欄另一頭的田地染成淡紫色。

「不知不覺已經傍晚了耶。」

「對不起，讓妳陪我這麼久。」

遙道歉之後，葵搖了搖頭，大概是「不用在意」的意思吧。不知道該說她是大好人還是怎樣。遙肩膀頓時放鬆。

「真是的。要是翔那傢伙合作一點，事情就更簡單了。」

「原諒他吧。我想，翔應該也很忙。畢竟剛成為棒球社的隊長……雖然不讓旁人看見，但他在學業方面也很努力吧。」

「或許啦，可是……」

遙回嘴到一半，還是不多說了。

翔平常態度確實冷漠，骨子裡其實是個正經到不行的男生。棒球社社員練習態度不佳的時候，他獨自背負責任而陷入苦惱。接受「數學屋」的協助之後，他成為可靠的助力。剛才也是，雖然說話方式差勁透頂，卻好好給了提示。

而且，遙知道翔孤傲的理由，明白他暗中努力不懈的原因。文武兼優，總是成為牆壁擋在前方，那個哥哥的存在……

「哎，這種事我也知道。」

遙放下自動鉛筆，從堆在旁邊的書山拿起一本書，改變話題。

「不提這個，葵，妳看這裡。」

遙翻開書頁，打開預先找到的頁面。葵從正對面的座位探出上半身，看向書上的內容。

「測量？」

「沒錯。這是測量山岳高度的方法。」

遙指著「各種測量」的項目說。

「那個，依照這本書的說法……測量山的高度需要兩個『數值』。第一個數值是觀測點和山的距離。第二個數值是『觀測點和山頂連成的線』和『地面』形成的角度。」

葵以認真的表情聆聽，想要跟上話題。她皺起眉頭，像是要將遙的話語和現實的山在腦中連結在一起。遙暫時停止說明，等待一段時間。

其一是長度，其二是角度。看來這些關鍵字在葵腦中結合成為明確的影像。

「這個，該不會是……」

「沒錯。我們剛才做的就是測量。不過，大概是最幼稚的方法吧。」

葵聽遙說完，眼神閃閃發亮。自己不知不覺完成的事情意外地偉大，遙自己也興奮起來。

遙輕輕翻和葵一起閱讀的這本書，書名是《空間圖形入門篇》。

這個暑假，遙在圖書室借閱了許多書，《空間圖形入門篇》也是其中之一。雖然詳細的內容幾乎看不懂，即使如此，關於數學如何在世界派上用場，還是不經意留在遙的腦海一角。而且不久之前，她從正門離開的時候想起這件事，再度從書架抽出這本書。

對於伸手不可及的物體，或是大到抱不住的物體進行計測的技術：測量。

或許，遙稍微看見了這門學問的入口。

「只要使用『三角函數』的知識，就不必受限於六十度或三十度這種固定的角度，可以從任何角度算出高度。不過『三角函數』要升上高中才學得到。」

「是喔。既然這樣，不就什麼東西都能測量了？」

葵聲音很開心。她說得沒錯。這樣一來，就覺得數學沒有不可能。會想相信那傢伙的話語。

三角函數與黃金比例。兩種數學交織而成的和聲。

寫在筆記本上的算式群，彷彿排列在樂譜上的音符，看起來好美麗，甚至有種自豪的感覺。

到最後，遙與葵兩人在圖書室窩到快七點。就算決定了高度與寬度，拱門的設計也還沒完成。兩人各自對拱門的造型提出意見討論，結果太陽完全下山了。直到圖書館員阿姨叫她們，兩人才終於察覺校門要關了。

用掉的時間沒白費，設計出來的方案，遙自己也能接受。她總共畫了三種方案，從正面看過去，分別像是倒放的碗、切片的魚板、矮胖的飯糰。

明天就拿給浩介學長看吧。

然後，也得向葵道謝才行。因為今天沒時間好好道謝。

走在沉入黑夜底部的田間道路，遙如此心想。遠處有狗在吠叫，遙稍微加快腳步。

剛才和葵在田間道路途中道別。獨自走在夜晚的田間道路，比想像的還要無依無靠。

月亮、星星，還有聊勝於無的零星路燈。沉寂的氣氛引得遙身體顫抖。

我總是受到大家的協助……

沒人聽得到的嘆息。不過，這不是來自消沉的心情，是暫時放下重擔時發出的灑脫嘆息。

有人願意協助。正因如此，做得到獨自做不到的事，走得到獨自走不到的地方。必須感謝許多人才行。

而且，來自秀一的委託，也要想辦法給個交代才行。

遙仰望夜空，在內心發誓。感覺月亮比以往更近更耀眼。

「我回來了。」

「啊，遙，妳回來啦。」

打開自家的門，廚房傳來媽媽的聲音，同時也聽到餐具相互摩擦的清脆聲響。肉的美味香氣引得遙肚子咕咕叫。看來，即將準備完成的料理，正在等待獲得名為「盤子」的歸宿。

遙脫掉鞋子，發出啪噠啪噠的腳步聲穿越走廊，經過通往客廳與廚房的門前，走向盡頭的盥洗室。

「啊，對了，有妳的信喔。」

當遙進行這輩子不知道第幾千次的漱口時，媽媽從盥洗室入口探頭。遙吐掉水之後轉身。

「信？又是補習班之類的傳單嗎？」

「看起來好像是國外寄來的信。」

媽媽露出詫異表情，遞出白色信封。遙以毛巾擦手之後，即使感到疑惑依然接過信。

「國外寄來的？」

「是啊。妳看，上面用羅馬拼音寫收件人是妳。」

遙不經意看向母親指向的位置。

一瞬間，心臟用力跳動，幾乎以為要從喉嚨跳出來了。

「啊，那個……謝……謝。我回自己房間看……」

「是嗎？可是，就快要吃晚飯了耶？」

「我馬上回來！」

遙只留下這句話，然後抓起書包，幾乎用跑的穿過走廊，打開自己房門，以背部推門關上。遙至此才終於吐一口氣，看向手上的純白長方形。

Haruka Amano

問題不在姓名本身。遙對這個筆跡，對這個以鉛筆書寫、工整得像是印刷字的英文字母有印象。

遙拚命深呼吸，安撫叫個不停的心臟。但她無法好好吸氣，越呼吸越難受，脈搏也逐漸加速。遙放棄抵抗，當作心臟就在耳朵旁邊跳動，將信封翻面。

然後，她找到了。

寄件人的姓名。

留下遙前往美國，那傢伙的姓名。

Sora Jinnouchi

「神之內……宙……！」

比方說，即使圖形斷斷續續。

兩人依然朝著相同的方向前進。

遙與宙。兩人行走的數學之路，即將再度交集合一。

通往無限的階梯。這條階梯的下一階，出現在遙的面前。

問題三

試理解少女心

「那個，宙……」

「嗯？」

「你知道現在幾點嗎？」

遙忍著呵欠說。她以不穩的手拉線開燈。亮光刺眼，她不禁閉上雙眼。

抵在耳際的手機另一頭，傳來平淡的聲音。

「這邊的時間是下午四點。夏令時間的時差是十三小時，所以現在的日本時間是上午五點吧？」

「我說啊，對於普通人而言，早上五點是睡覺的時間。」

「是嗎？那我做錯事了。」

略感意外的聲音，像是表達自己這輩子首度得知這件事。遙輕聲嘆氣。不過隔著電話，應該只傳達「沙沙沙」的雜音吧。

書信往來很麻煩，所以遙回信時寫了手機號碼與電子郵件信箱。只是沒想到他在這種亂七八糟的時間打電話過來。

「我想說有時差，才特地加上電子郵件信箱。你就算沒手機，家裡至少也有電腦吧？」

「確實有。我爸有兩台電腦。」宙以非常沉穩的聲音說：「不過，我想聽妳的聲音。」

瞬間，遙的耳垂像是著火般發燙。突然講這什麼話？在美國才住了兩個月，就學到泡妞的技巧了？

遙明明在慌張，宙的態度卻很冷淡。

「電子郵件這種東西，不知道寫的人是誰，我很不擅長處理。沒有聲音或筆跡，所以無法證明是本人。」

遙就像是斷了線，綳緊的肩膀頓時放鬆。一瞬間胡思亂想的自己，遙覺得蠢得驚人。

「既然這樣，就用Skype之類的啦。國際電話費很貴。」

「Skype？那是什麼？」

「嗯，當我沒說。」

要求他具備這種常識是白費工夫。神之內宙一如往常是神之內宙。

從波士頓寄來的信，提及他轉學到當地國中開始上學，朋友都對他很好，美國的漢堡很大……之類的生活點滴。該說我行我素嗎？看來他沒吃太多苦。明明是值得高興的事，遙卻不知為何不太開心。

「……為什麼直到現在都沒聯絡？」

遙語氣不悅地問。門確實上鎖，她坐在臥室床上，朝著手上的手機盡量以愛理不理的聲音詢問。

「搬家之後，課業很辛苦，花了不少時間才告一段落。畢竟我必須讀這邊學校的課本。」

耳際響起他的聲音。隔著電話，更難解讀箇中情感。是一如往常的平坦聲音。

明明是如此。

明明語氣難以捉摸，但是聽到這個聲音，內心自然湧現一股安心感。遙重新打起精神。

「我知道你沒時間好好寫一封信……不過至少先給個聯絡方式也好吧？」

「嗯，這是我大意了。對不起。」

「是你大意？」

沒有任何解釋，非常乾脆的道歉。遙就這麼往後倒在床上。日光燈很耀眼，她輕輕瞇細雙眼，怒氣已經不再從任何地方冒出來了。

「以你這樣子，可以融入那邊的環境嗎？」

「嗯，沒問題。原本擔心語言的隔閡，不過好像勉強能應付。因為數學是世界共通的語言。」

啊，對喔。

聽到宙這番話，遙察覺一個重要的事實。她甚至奇怪自己竟然至今沒發現這一點。那邊的課本是以英語寫的，朋友與老師說的語言也當然都是英文。

「不久之前，這邊也開始上課。以國中課程的難度，就算是英語，我也可以順利跟上。至於日常生活，出乎意料不會使用艱深的文法或單字。」

宙若無其事告知。這麼說來，這傢伙數學以外的科目也很優秀，英語也肯定比遙好。也就是不必擔心。

「只不過，歷史很難。世界史出乎意料盡是我不知道的事。光是在美國，就有許多我沒聽過的總統，而且不少人的名字很像……」

宙講話的速度稍微變快。大概因為透過電話吧，感覺比想像的還要饒舌。

宙繼續說明他在美國的課程。絲毫感受不到他被扔到陌生環境的孤單，看來早早就逐漸熟悉新生活了。

宙好堅強。

如同眺望無聲無息融化的薄雪，這種奇妙的感覺殘留在心底。

「……還在經營喔。」

遙抓準宙講到一個段落，如此低語。「嗯？」宙反問。

「……數學屋。你轉學之後，也還在經營喔。」

遙大幅翻個身。床響起嘰嘰的摩擦聲。

「數學屋」原本是神之內宙突然在二年B班開張的店，遙現在是「代理店長」，不過剛開始她是被拖下水的。

即使沒人理會，還是努力要拯救有困難的人……宙以這種方式，在教室打造出自己的棲身之所。

宙，你的棲身之所還在這裡喔。

「嗯……」宙說話的聲音透露安心感，「我就覺得妳應該願意承接。謝謝。」

率直到令人害臊的話語。這傢伙總是這樣，不擅長拐彎抹角的表現。不是明講，就是完全不講。只有這兩種選項。YES或NO。零或一。

不過，這也是他的優點。

「你那邊怎麼樣？已經成立『數學屋美國分店』了嗎？啊，你原本是店長，所以波士頓是總店，大磯這邊才是分店？」

「很遺憾，我還沒開店。」

宙愧疚地說。除了他的聲音，話筒沒傳來任何聲響。

說得也是。遙努力以開朗語氣回應。

「果然沒能這麼順利對吧？」

「一點都沒錯。我遲遲決定不了店名。『數學屋』要怎麼用英語表現？Math Shop？還是Math Store……？」

遙差點從床邊摔下去，只有腳撐在地板勉強踩穩，將身體推回床上。

「……擔心你的我是笨蛋。」

「嗯？」

「沒事。只是因為你一如往常脫線，我就放心了。」

「脫線會讓你放心？」

看來宙不甚理解，但遙決定不繼續說明。重新說出口會害羞，只在自己心中明白就好。

「啊，對了。」遙輕聲說完，朝手上的機械詢問：「既然以為我五點也醒著……那麼你在那邊果然也很早起？」

「嗯。」

「這樣啊。畢竟你在這邊也是早上七點就到校了。」

遙想起宙在清晨教室獨自埋首於數學書籍的身影。愛睡回籠覺的遙，實在無法想像這種生活。

「課程要預習。早上預習比較可以專心。」

「原來你也會預習啊，有點意外。」

「國中的課程不需要預習就是了。」

手機抵在耳邊，躺在床上的遙歪過腦袋。既然這樣，他在預習什麼東西？

「週六的時候，我會去上父親的大學課程。」

「大學課程？」

遙被過於無緣的話語暗算，腦海瞬間填滿空白。

「那個……你說的『大學』，是大小的大，學習的學，是那個『大學』嗎？」

「是的。不然還有哪種大學？」

宙以疑惑的聲音說。他說得很中肯。說到「大學」，應該只有那種「大學」吧。遙知道自己問錯問題。不過，大學應該是高中之後的學校才對。

「真的很難。沒預習的話，我完全跟不上。」

難到宙也跟不上。

遙一時之間難以相信，不過仔細想想，宙連國中都還沒畢業，即使是數學天才，十四歲終究還是有極限吧。

遙試著在腦中想像大學教室。在電視上看過，像是梯田有層層落差的大教室。映在巨大螢幕的投影片前面，禿頭的教授持續說著艱深的內容。宙坐在最前面的座位勤快寫筆記，偶爾像是想起來般，以鉛筆筆尾扶正眼鏡。

「……究竟是什麼樣的課程？」

「是對外公開的課。只要繳交學分費，大學生以外的人也能上課。世界最先進的研究內容，會在課堂上盡量以淺顯易懂的方式說明。最近的主題是……」

宙在這時候吸了一小口氣，停頓足夠的時間計算時機，像是等待遙做好準備接受這個專有名詞。

然後，宙說出這個專有名詞。深奧、巨大、沉重的定理名稱，順著電波投向遙。

「龐加萊猜想。」

「龐……什麼？」

雖然早就料想到，但果然是首次聽到的名字。宙在電話另一頭咧嘴一笑。不知為何，遙感覺得到他在笑。

「『龐加萊猜想』，一九〇四年由法國人昂利．龐加萊提出的猜想，甚至被稱為『二十世紀最大的未解決問題』。」

未解決問題……

遙輕輕顫抖。同時，另一個定理的名字一溜煙掠過遙的腦海。

黎曼猜想。

這個詞浮現於遙的記憶深處，沒有特別注意，極為自然地冒出。宙曾經想解開、拯救世界的究極定理。正如字面所述，是宙的最終目標。

這東西一度將遙的心情沉入地底。宙立志前往的地方，以及遙自己所站的位置，將這道近乎絕望的隔閡擺在彼此之間的不是別人，正是「黎曼猜想」。

ζ(s)的非平凡零點s，實數部分是½。

這句話的意思，遙完全看不懂。看起來像是日語，其實是以完全不同的法則陳述的話語，真正適合形容為「數學語」的句子。遙在當時的一瞬間，目睹自己絕對接觸不到的領域。

不過，現在的遙和當時不同。

她現在知道，要和宙並肩同行，不需要獲得和宙相同的能力。

所以……遙以輕鬆的態度詢問。

「『龐加萊猜想』也和『黎曼猜想』一樣，還沒有任何人解開嗎？」

「不，『龐加萊猜想』已經解開，被視為『未解決問題』是二十世紀的事。二〇〇三年，俄羅斯數學家格里戈里．裴瑞爾曼證明成功。」

「是喔。那是什麼樣的問題？」

遙毫不畏縮，繼續詢問。電話另一頭的宙輕輕「嗯」了一聲。兩人之間產生一瞬間的空白。這股沉默莫名具備深度，聽起來像是宙單純在選擇言辭，也像是這個問題出乎他的意料。

「如果毫不矯飾，照實說出來……」

彷彿從龐大的知識中撿起最底限的部分，宙以慎重的語氣編織話語。

宙說出來的話語，輕易超越遙的想像。

「『任一單連通的、封閉的三維流形與三維球面同胚』，這就是『龐加萊猜想』。」

「……咦？」

不是外國語這麼簡單。遙還以為聽到外星語，大腦完全無法理解宙的話。「黎曼猜想」那時候也是，看來數學這門學問越是高階，越是脫離普通的日語。

「也對……我簡單說明吧。」

電話另一頭傳來紙張沙沙的摩擦聲，大概在翻筆記本吧。宙以鉛筆筆尾將眼鏡往上推的身影，彷彿浮現在遙的眼前。

不過，無論宙寫下再怎麼淺顯易懂的圖形或算式，遙也看不見。

宙已經不在遙的身旁。

「調查地球形狀的時候，妳覺得要怎麼做？」

「地球的形狀？」遙單手撥起瀏海，「那個……上太空，從那裡觀看……之類的？」

「這也是一個方法。」

只想得到過於突兀的答案，遙自己都覺得丟臉，但是宙絕對不會笑這樣的她。

「不過，上太空是非常辛苦的事。可以的話，還是想找一個不用離開地球就能了事的方法。」

他總是這樣。耐心，而且平淡地認真傳達自己的想法，讓擅長數學的人、不擅長數學的人，讓所有人都能接受。

所以，在這傢伙的面前，無知的自己也完全不丟臉。

「那麼，究竟該怎麼做？」

「準備一條很長很長的繩子。」

宙立刻回答遙的問題。開始了。遙如此確信，閉上雙眼。

遙在漆黑的空間畫出一條繩子。宙說很長，肯定真的很長吧。不知道捲了多少圈，也無法想像實際上多麼長。她清楚想像，如同繩子就在眼前。

宙總是突然開始說明。道路總是唐突出現。

不過，這條路肯定通往終點。所以遙毫不猶豫，默默讓想像成形。

「繩子兩頭綁在同一個地方。比方說，綁在妳家玄關，讓繩圈逐漸擴大。不離開地面，緩緩擴大。啊，如果有樹木或是建築物就翻過去。不過，基本上要貼著地面擴大。」

宙說到這裡暫時停頓，看來在等待訊息確實滲入遙的腦中。

腦海裡的想像圖逐漸上色。遙將繩子綁在自家玄關。打死結比較好吧，雙手一扯，手心就生痛。她連這股痛楚都想像成是真實發生。

然後，遙踏出腳步，抓著繩索正中央，拖著繩索前進。要是勾到建築物或樹木，就一一爬上去翻越。按照宙所說，慢慢、緩緩地前進。

「不可以只是筆直往前走喔，也要往右邊或左邊逐漸擴大。越過許多山、許多海，妳一心一意擴大『繩圈』，甚至離開日本，拖著繩索通過叢林、沙漠或冰原。」

遙按照吩咐，讓繩圈也朝左右擴大，在腦海中拿著繩索走遍外國。攀登聖母峰的時候，她差不多開始走到煩了。是否要想像得過於真實也有待商榷。

「然後在某天，妳繞了地球一圈，回到自己家的後面……」

「咦？等一下！」遙連忙打斷宙的話語，「我還沒走出亞洲！」

遙說出這句話之後臉紅了。

我在做什麼啊……

必須想像得如此清晰，才跟得上宙的說明。不過就算這樣，也應該有更適合的說法吧。

電話裡的沉默刺痛肌膚。如果有洞，遙好想鑽進去。不，她甚至不惜挖一個洞也要躲起來。

不過，宙開口了。沒有不可置信的感覺，極為自然地說了。

「抱歉抱歉。不用急，慢慢來就好。」

宙真的是隨口這麼說，但是遙愛死這句話了。

遙覺得宙總是說出她最想聽的話語。不過大概是她想太多吧。

「回來了……！」

渡過太平洋，終於回到日本之後，遙這麼說。一直默默屏住氣息的宙，輕輕「嗯」了一聲。

「繩子怎麼樣了？」

「……全部捲回來，放在玄關前面了。」

遙終於睜開雙眼。結束漫長的旅途回來之後，這裡是自己房間的床上。日光燈好耀眼，桌上的鬧鐘喀嚓作響。

「也就是說，繩子也一起繞地球一圈回來了吧？玄關的繩結也沒解開。」

宙的聲音比平常愉快了些。遙知道少年在電話另一頭，不對，在大海的另一頭滿意地點頭。

「這件事很重要。將繩子全部捲回來，妳才首度知道『地球沒有洞』。」

「為什麼？」

「因為要是地球某個地方有洞，繩子就會纏住。」

「可是，地球不是有海嗎？」

「不是這種洞，是甜甜圈那樣貫穿到另一邊的洞。如果遵守『繩子不離地』的規定，無論如何都會纏住。」

試著用食指與拇指拿起橡皮筋之類的東西看看吧。宙這麼說。

「兩根手指，是將地球假設為甜甜圈的形狀。橡皮筋是繩子的代替品。在妳捏著橡皮筋的狀況下，妳能夠讓橡皮筋經過手指做出來的環，並且繞一整圈嗎？」

遙在床上坐起上半身，環視房間。社團活動時使用的髮圈放在桌上沒收好，遙以左手捏起髮圈，將手機夾在耳朵與肩膀中間。左手捏著髮圈，以右手玩弄髮圈好一陣子。髮圈勒住食指。

「……這個不可能啦。無論如何都會纏住手指。」

「嗯，一點都沒錯。」宙以有點得意的語氣回答，「所以，拿著繩子繞地球一圈之後，能夠將繩子全部捲回來，就代表『地球沒有洞』。」

原來如此。遙驟然放開髮圈。有洞的話就會纏住。既然沒纏住，就代表沒有洞。

非常符合邏輯，非常單純的道理。

「接下來才是問題。」

遙將腦中整理完畢之後，宙的語氣變得更愉快。這麼說來，剛才在聊什麼？

「能不能用相同方法得知宇宙的形狀？提出這個構想的人，就是昂利．龐加萊。在火箭綁上繩子發射到宇宙，就能確認宇宙有沒有『洞』。」

遙忘了剛才聊到什麼話題，宙慢慢說明給她聽。

對了。是「龐加萊猜想」的話題。

「可是，龐加萊察覺一件事。為了這麼做……為了知道宇宙的形狀，必須思考『四次元』的問題。」

「四次元？」

遙沒能立刻想到對應的漢字，呆呆張著嘴。腦中的任何知識，都無法和耳朵聽到的話語連結在一起。思考的空白。經過若干延遲，腦袋再度開始慢慢運轉。

四次元。

不過，就算想到漢字，遙還是無法理解這個詞的意思。說來丟臉，最先浮現在腦海的，是來自未來的貓型機器人那個不可思議的口袋。不過那是動漫裡的東西，應該和現實的數學無關。

「我們生活在三次元空間。這妳知道吧？」

「……那，那個……嗯，大概知道……」

「存在三種方向的空間就是三次元。前後、左右、上下。以數學理論來說，只有『長』的『數線』是一次元，加上『寬』的『ｘｙ平面』或『平面圖型』是二次元。然後，加上『高』的『立體圖形』是三次元。」

宙說得有點快，遙拚命消化他說的這段話。前後、左右、上下……她在嘴裡呢喃，轉頭環視房內。

房間的牆壁，前後與左右各兩面。上下是天花板與地板。

我們生活的空間，是三次元空間……

「可是，如果地球沒有山或海這種凹凸，我們光靠前後與左右的移動就可以生活，對吧？」

「咦？」

如果地球沒有山或海？

遙內心浮現地球變得像是乒乓球般光滑，放眼望去沒有凹凸的世界。沒有山，沒有海，沒有樹，沒有河，也沒有房屋或學校。

這種世界，人類住得了嗎？人類變得像是假人模特兒一樣光溜溜，在乒乓地球行走。遙想像這幅光景就頭痛。一直抵著手機的右耳也開始痛了。她順便將手機換到左手，以左耳聽宙說下去。

「如果只是在三次元球體的表面生活，只靠二次元的移動就夠了。也就是說，實際上以低一階的次元移動就足夠。」

以低一階的次元移動就足夠？

遙在腦中重複宙這句話。她忍著頭痛，再度想像乒乓球般的地球。毫無遮蔽物，三百六十度延伸的地平線。

確實，在光溜溜的地球上，只要前後與左右移動，生活應該就沒有障礙。不過應該有居住場所或飲用水之類的各種問題吧。

「接下來，試著思考宇宙吧。」

宙像是抓準遙接受這個說法的時機，再度開口。

「在宇宙移動，需要進行三次元的移動。這是當然的吧？畢竟宇宙沒有地面，而且前後、左右與上下都是遼闊的空間。那麼，將剛才的想法套用在這裡吧。在三次元的表面，我們進行二次元的移動。也就是說，我們進行三次元移動的宇宙，或許位於四次元的表面吧？」

大量的古怪情報一口氣灌入左耳，遙的思考輕易讓這股洪流沖走。

三次元……位於四次元的表面？

「……抱歉，我完全不懂。到頭來，在四次元裡，除了前後、左右與上下，還有什麼？」

「活在三次元世界的我們，無法以我們的話語來形容這東西喔。」

「啊？」

遙完全跟不上話題。

「四次元的表面有三次元，三次元的表面有二次元，二次元的表面有一次元，各次元存在著低一階的次元。存在於一次元的人，想不到二次元的事；住在二次元的人，對於三次元幾乎一無所知。同樣的，活在三次元的我們，要正確理解四次元絕非易事。」

宙的話語在遙腦中像是暴風雨的大海捲起漩渦，將其他思考全部攪和在一起。失去連結、成為碎片的話語群，像是拍打岩石粉碎的海浪，在遙的內心稍縱即逝。

我們活在三次元的宇宙。

不過，三次元的宇宙其實是四次元的表面。

而且，四次元是我們無法理解的某種東西。

「……那麼，宇宙真的是四次元嗎？我們一無所知活在四次元的表面？」

「或許是這麼回事。」

宙形容得很含糊。既然宙無法斷言，世界上應該還沒有任何人解明這個真相吧。雖然沒根據，但遙這麼認為。

「這個嘛……舉個例子好了。」宙像是對孫子講故事的爺爺，靜靜地、心平氣和地述說：「妳知道『大象身上的螞蟻』這個故事嗎？」

遙微微搖頭。搖頭之後，她想起宙看不見她的動作，連忙補充說「不知道」。從床邊垂下的雙腿前後晃動，像是在掩飾害羞。不過宙也完全看不見。

正如預料，宙說話的語調完全沒變。

「大象鼻子上的螞蟻，以為自己騎在像蛇那樣細長的生物上。相對的，大象耳朵上的螞蟻，大概以為自己騎在像葉子那樣扁平的生物上吧。」

遙閉上雙眼，昔日在動物園看見的大象浮現在腦海。耳朵大的記得是非洲象？還是印度象？很久很久以前，某處某人傳授的知識，遙快要想起來了，卻想不起來。如同要閱讀風化之後變得模糊的紀念碑文字，近似這種感覺。

耳朵很大，不知道名稱的大象。小小的螞蟻爬到大象身上。鼻子一隻，耳朵一隻。兩隻螞蟻認定自己看見的光景就是全部。細長的生物，扁平的生物。兩隻螞蟻大概都會抱持這個想法結束一生吧。

「站在過於龐大的東西上面時，我們無法正確掌握全貌。」

「我們是螞蟻……宇宙是大象？」

「從狀況來看，很像是這種情形。」

宙的話語在遙腦中迴盪。從狀況來看，很像是這種情形。

我是螞蟻，宇宙是大象。

實際上，大象當然行走在地面，也就是地球。更外側才是真正的宇宙。

連大象形體都不知道的螞蟻，不會察覺凌駕於大象的巨大存在。從出生到死亡都被載著走，無關自身的意志。

那麼，我們呢？

我們不也是一樣嗎？我們知道些什麼？

拚命努力，掙扎，吃苦……做到這種程度，也不知道能否順利。不知道能否成為心目中的自己。

聽美的話語瞬間掠過遙的腦海，接著消失。

「我們過於渺小，無從得知宇宙的形狀。」

宙說完，將視線投向窗外。他應該做了這動作。短暫的沉默。遙的眼簾浮現窗邊的宙。

「……不過，人類持續挑戰。」

他和往常一樣，將數學的光輝分享給遙。

「將渺小的腦細胞完整活用，也要查出宇宙的形狀。下定決心之後絞盡腦汁，然後，人類誕生的天才昂利・龐加萊得到一個結論。」

一剎那，遙感覺自己坐在學校二年B班的教室，靠窗第二排的最後面。宙坐在一旁的座位將眼鏡往上推，充滿自信地說明真理。

「『龐加萊猜想』是渺小螞蟻用來得知大象樣貌的手段。」

渺小的螞蟻，得知大象的樣貌。

感覺這是天大的白日夢，卻也是充滿浪漫的挑戰。

「『龐加萊猜想』的本質，在於能讓活在三次元的我們，測量存在於四次元的宇宙形狀。剛好就像是位於地球的我們，使用繩子調查地球的形狀。」

隔著機械傳來的聲音，撼動遙的耳膜與內心。

龐加萊猜想。宙正在研究的數學理論。

以前，宙教導的無限世界，聽在遙耳中也是天方夜譚。就算他說什麼四次元的世界，她也甚至無法和天馬行空的夢想做區別。

想要「以數學拯救世界」，還得往來於這種異世界才行嗎？

遙恐怕被宙的說明遠遠拋在後頭了。

即使如此，她還是下定決心，詢問自己最在意的事。

「所以……知道宇宙的形狀，究竟派得上什麼用場？」

「關於這個，我也不知道。」

「啊？」

過於乾脆的回應，使得遙發出呆然的聲音。

不知道派得上什麼用場？

「因為，就算認為『宇宙是三次元』，也不會妨礙到日常生活吧？」

「這個嘛，或許是這樣沒錯……不過數學是為了成為人們的助力而存在，你不是一直這麼說嗎？」

「確實如妳所說。我的信念並沒有改變。可是，也有一些數學不知道用途。這是我來到美國之後所學到最重要的事。」

宙的說法很溫柔，像是在諄諄教誨。

「而且，即使現在不知道用途，或許今後找得到。」

「這樣啊……」

遙朝著手機含糊附和。一次聽到各式各樣的知識，遙的理解跟不上。

宙也需要預習的課程，也有宙不知道用途的數學。

如同大象身上的螞蟻，遙現在甚至不知道自己的大小。

至少，如果宙就在身旁寫筆記，或許就會更好懂一點了。

遙思考著，搖了搖頭，將不可能成真的幻想趕出腦海。

「啊，對了。」遙像是重新振作般拉高音調，「這邊發生一件有點麻煩的事。」

「什麼事？如果不介意由我來，我可以幫忙喔。」

居然說「如果不介意由我來」。遙覺得有趣，輕聲一笑。

比你可靠的人，找遍全世界也找不到喔。不過遙撕破嘴也不會講出這種話。

「嗯。沒來上學嗎……」

聽完事件原委之後，宙以平靜的聲音說。遙眼簾浮現宙按著下巴看向下方的樣子。風聲般的雜音，在抵著手機的左耳際響起。時鐘指針的聲音，以一定的節奏規律傳入右耳。廚房傳來斷斷續續的水聲，媽媽可能起床了。

「能不能想辦法幫她？」

遙戰戰兢兢朝著沉默的手機詢問。即使如此，宙依然什麼都沒回答。

「你想想，你曾經利用『囚徒困境』阻止棒球社社員偷懶，對吧？能像那樣讓她來上學嗎？」

「……『囚徒困境』的手段基本上是逼人去做不願意做的事，就算強迫不想到校的女性上學，也只能治標不能治本。」

「……這樣啊。」

遙勉強以沙啞的聲音如此回應。她感覺自己是個膚淺的人，臉頰自然泛紅。

「那麼，該怎麼做……」

「妳已經蒐集『數值』了嗎？」

「咦？不，還沒……我甚至不知道該蒐集什麼『數值』。第一學期的出席天數之類的嗎？」

「這或許也需要。不過，妳漏掉一件重要的事。」

「重要的事？」

「『數值』不一定是『數字』。」

數值不一定是數字。

這句話像文字遊戲，遙在腦中重複一次。明明懂得每個字，卻不清楚整句話的意思。數值與數字。

兩個詞在腦中團團轉。遙追著它們跑，沉默不語。

然後，就像是拿起一根針，在蓋住遙思緒的薄膜戳個小洞。

宙以溫和的聲音編織下一句話。

「……妳剛才說，文化祭的季節快到了，對吧？」

「咦……是沒錯啦……」

他究竟在說什麼？

在任何時候，這傢伙講話都很唐突。說話脈絡或是開場白這種東西，他都不當成一回事。

「假設現在為了思考文化祭開店要賣什麼料理而蒐集『數值』，『去年各店的銷售額』或是『業績第一名店面的產品售價』等等……都是必須蒐集的數值。」

「嗯。」

「但是，不只如此。比方說『隔壁班賣什麼東西』，這也是重要的『數值』。」

明明看不見臉，卻像是看著遙說話……宙以這種適中的速度說下去。

「如果隔壁班賣章魚燒，賣不同的商品當然比較好。如果隔壁班賣烤地瓜，那麼自己班上賣飲料，或許可以期待相乘效果。隔壁班店面的動向無法用『數字』表示，卻是重要的『數值』。」

「數值」不一定是「數字」。

遙在口中複誦宙剛才的這句話。確認話語在舌頭滾動的觸感，終於懂了。

「我大致明白了。聽美逃避上學的原因，我還一無所知。」遙在床上翻身，「要先調查原因，對吧？」

「一點都沒錯。」

像是上課時被老師點名，答對問題時的感覺。遙目前還看不到迷宮的全貌，卻隱約覺得至少知道終點在哪個方向。

雖然剛才要求「寄電子郵件」，不過打電話果然比較好吧。

「啊，宙。今天你打電話給我……」

「嗯？糟糕，已經這個時間了。」

宙像是想起什麼般這麼說，剛好打斷遙的聲音。在遙輕聲「咦？」之前，電話另一頭就傳來「Wait a minute, please!」的響亮聲音。看來宙以英語對某人大喊。

「啊，抱歉。他們來接我了。今天約好在朋友家吃晚餐。」

「咦，等一……」

「我改天寄電子郵件給妳。還有，妳剛才說的 Skype，我也會去查。」

噗滋。

一陣慌亂之中，電話像是斷線般結束。獨自留在房內的遙，慢慢揚起視線看時鐘。日本時間上午七點，波士頓時間下午六點。

也就是說，不知不覺聊了兩個小時。

「真是受不了……」

遙隨著嘆息從床上起身。明明這一天才正要開始，腦袋卻已經累了。剛才動腦想像地球或宇宙，又突然被掛電話，會累或許在所難免吧。

「那傢伙，和平常一模一樣耶……」

遙感覺昏沉頭痛而按著額頭，憔悴地呢喃。好歹也是含淚道別之後的第一次對話，多一點特別的東西不是很好嗎？真的不知道該說他我行我素還是怎樣。

不過，即使如此……

「偶爾來個這樣的早晨，也是可以的吧。」

遙在鏡子前面梳好頭髮，打開房門。廚房傳來麵包烤好的香味。

颱風清洗天空與地面，中秋滿月也離開之後，九月終於邁向尾聲，距離東大磯中學最大的活動鳴立祭大約剩下一個月。遙所在的二年B班，為了打造出盡可能讓更多客人玩得開心並留下回憶的鳴立祭，即將進行縝密的準備。

「我啊，還是反對。」

週一第五堂課，全班討論的時間。鳴立祭執行人員秀一手撐著講桌，斬釘截鐵地說。

「因為是冰淇淋耶？放進熱油裡面肯定會融化吧？水火不容，這是大自然的法則。」

「就說了，不是直接炸冰淇淋啦。」

真希立刻規勸，然後以輕快節奏敲打手機畫面，再將螢幕拿到秀一的面前。

「有一種用來當成泡芙內餡的『泡芙冰淇淋』對吧？把那種冰淇淋裹上麵衣，只在一瞬間將表皮炸得酥脆。你看，網路也確實有寫喔。」

「就算這麼說，不過網路是謠言與虛構的聚合體啊。」

秀一不肯仔細看畫面，搖了搖頭。看來要說服他比說服地藏菩薩還難。遙在最後面的座位，默默看著石頭腦袋和真希的討論。

章魚燒、吉拿棒、紅豆湯、炒麵……關於開店要賣的品項，在各種意見交錯之中，明顯大放異彩的是「炸冰淇淋」。炸冰淇淋，也就是冰淇淋的天婦羅。

老實說，大家剛開始半信半疑，不過用手機就可以輕鬆查到作法。如此引人注目的品項可沒這麼多。「炸冰淇淋」一下子就經過多數贊成表決通過。

唯一堅決反對的，只有死腦筋的秀一。

「既然這樣，就試做看看吧。」

秀一持續主張這東西不可能好吃，因此真希對他這麼說。如此霸氣的態度當前，秀一稍微往後仰。

真希朝著全班大聲發言。

「是否真的做得出來，以及是否真的好吃，試試看不就好了？我們就是為此而提早開始準備的。反正做不出來的話，改賣別的就好。」

對此，班上似乎沒人提出異議。遙也是，只要鳴立祭能讓眾人的「滿足度」夠高，她就沒意見。遙拍手表達贊成之意，其他人隨即也跟著拍手。秀一尷尬地搔了搔腦袋。

只要打定主意，就毫不猶豫採取行動，這種行動力正是真希的強處。

事不宜遲，炸冰淇淋的試做，就在今天放學後借用真希家的廚房進行。材料是泡芙冰淇淋、油、麵粉，不知為何還有玉米片，都是從附近超市買來的。

「遙也會來吧？」

放學前的班會時間結束之後，真希詢問遙。仔細一看，包括秀一在內，真希拉了班上四個同學，看來是要去試做的成員。真希大概是找了和壘球社或管樂社一樣，今天不用進行社團活動的人吧。

遙差點脫口回應「那當然」，卻更改主意，遙了搖頭。

「我其實想去，可是……」

「啊，對喔。今天是星期一。抱歉，我沒注意。」

「真希不用道歉啦。沒能幫忙，我才要說對不起。」

兩人同樣在面前合起雙手道歉。這一幕莫名有趣，真希與遙一起笑了。

「遙，加油喔。」

「嗯，真希。妳也是。」

兩人相互揮手，在教室前面道別。真希在試做組的陪伴之下，下樓前往校舍出口。遙目送她的背影之後，朝反方向前進。

為了以最棒的心情迎接鳴立祭，真希與遙各自肩負不同的職責。

「喔，小遙，怎麼了？」

察覺遙站在體育館入口的浩介走了過來。他拉起T恤衣角，擦拭臉上冒出的汗水，六塊肌若隱若現。看來即使退休，肌肉也沒退化。遙不經意移開視線。

球場上，排球社繼續練習。「啪、碰」的擊球聲斷續響起，有點像是拍打棉被的聲音。

「難道是來見我的？」

遙原本想立刻回答「不是」，卻止住這個念頭。她確實是來見浩介的。內心雖然抗拒，卻也不能否定。

「我想問一些事。執行人員說你大概在這裡。」

遙努力裝出不太親切的語氣說。浩介愣了一下，然後看向體育館內。吆喝聲接連不斷。選手追著空中飛舞的球，在球場上前後左右移動，有時候跳到驚人的高度。這就是所謂「三次元的動作」吧，二次元世界肯定沒有排球。

「那麼，我在練習告一段落的時候閃人，等我一下喔。」

浩介只將笑容留在原地，跑回社員之中。「告一段落的時候」是三分鐘後？還是一小時後？遙即使想這麼問，聲音也傳不到了。不得已，遙只好心不在焉看著浩介打排球的樣子。

浩介混在現役社員之中，持續打球。外行的遙看不出來各人的球技好壞。

只不過，遙隱約覺得浩介的動作和別人不同。像是長翅膀般輕盈跳躍。一擊中球，體育館裡的空氣就震動。而且最重要的是，他打從心底露出笑容。

愉快專注在某項事物上的人，自然會散發魅力。在運動項目、文化祭或數學都是如此。

遙覺得自己隱約理解葵被浩介的哪一點吸引。

約十五分鐘後，浩介離開練習場，撤退回到更衣室。遙在體育館外面等他出來。冰涼舒服的風將世界染上秋意，一邊撫摸遙的肌膚。

「啊啊，流汗流得真痛快。」

深藍色的運動衫、黑色學生褲。浩介以純白毛巾擦拭額頭留下的汗水，走出體育館。雞冠髮潮溼閃亮。

「抱歉，讓妳久等了。居然讓淑女等，我真是罪孽深重的男人。」

「不，這我不在意，高中考試對學長來說很輕鬆嗎？」

「怎麼可能。」浩介搖搖手，做出戲謔的模樣，「不過，喘口氣是必需的。一直綳緊精神也會累吧？」

「久違運動那麼久，不會更累嗎？」

「唔，說得也是。今天已經沒心情念書了。」

浩介愉快地笑了。兩人並肩穿過正門，朝田間道路方向行走。他的笑聲隨風穿越遼闊的田地。

話說回來……

遙一邊行走，一邊心想。

浩介學長真的好大。和他並肩行走，遙重新體認這一點。轉頭看去，他的肩膀就在身旁。不是比喻，是真的要抬頭才能和他對話。比遙還矮的葵，和他說話的時候脖子不會痠嗎？不必要的擔心掠過遙的腦海。

「所以，妳想問什麼事？話說在前面，我已經有葵這個女友，所以就算妳要求交往，我也不能答應……」

「不對，不是這樣。」

遙立刻否定。浩介雙手按在眼睛上裝哭，然後誇張地垂頭喪氣。這番話開玩笑的比例究竟是多少？界線模糊，完全無法判斷。

「我想問的是聰美的事。她是排球社的學妹對吧？」遙有點自暴自棄地詢問。

從這麼吊兒郎當的人口中，問得出正常的情報嗎？老實說，填滿遙內心的只有不安。

不過，一提到聰美這個名字，如同玩世不恭代言人的浩介表情瞬間僵硬。遙察覺的下一瞬間，他的嘴角再度回復溫柔，但是眼睛似乎再也無法展露笑意。

「……嗯，沒錯。」

浩介停頓好一段時間之後回答。雖然有點猶豫，但遙還是再度詢問。

「……聰美最近沒來上學，學長知道嗎？」

「當然知道。」

浩介這次幾乎是馬上回答。不是平常胡鬧的說話方式，那雙認真的眼睛，和遙至今看過的浩介不同。

遙確信了。浩介知道隱情，而且恐怕知道得相當詳細。

「方便告訴我原因嗎？就算不清楚，若是心裡有底……」

「老實說，我不知道能不能從我的口中說出來。」

浩介像是要蓋過遙的話語般說。兩側收割完畢的遼闊田地裡，遺留下來的少許枯葉發出沙沙的清脆聲響。

「其實，問阿辰是最快的。」

「阿辰？」

遙不知道他在說什麼，皺眉反問。但是數秒後，她在記憶盒子的一角找到疑似是答案的拼圖碎片。

原來如此。辰，翔的哥哥。

棒球社的前任隊長，現在是鳴立祭執行會長。不只如此，學業成績也很優秀的超級三年級生。最近他的名字在一、二年級之間也很響亮。

同時，也是一直矗立在翔前方的高牆。

「哥哥就像是大樹。」翔就任隊長之前這麼說過。無法跨越。就算這麼說，但是即使想離得再遠，樹蔭依然落在身上揮之不去。

是翔的目標，也是眼中釘。這就是辰……本應如此。

「為什麼會提到辰學長的名字？」

遙像是觀察般仰望浩介的臉。

聽美和辰的年級不同，應該沒有交集。

如此自然的疑問在腦中抬頭。然而，即將起身的這個疑問，很乾脆地被浩介下一句話砍倒在地。

「聽美學妹喜歡阿辰。」

「咦？」

「不過從她給人的冷酷印象，或許難以想像吧。」

事情進展過於唐突，遙的思緒停止了，腳絆到地面的窟窿，差點跌倒。

「還好嗎？」

「啊，還好……不好意思。」

這時候或許應該感到難為情，但遙光是整理腦中的東西就沒有餘力了，無暇顧及這種事。她想起聽美坐在床上的那副冷淡態度。接著，遙試著回想辰的面容，卻不是很順利。

這麼說來，至今未曾好好和辰打過照面。

烏鴉在某處嘎嘎叫，好吵。穿越光禿禿田地的風，帶來泥土與枯葉的味道。

「暑假時，聽美學妹向阿辰表白。我不知道地點以及方式，因為我也是聽別人傳的。不過，她確實表白了。」

「所以……」

「從結論來說，被拒絕了。漂亮拒絕。」

浩介舉起雙手搖頭。雖然是搞笑的姿勢，不過看起來也像是留心避免氣氛凝重。

「基於這個原因，所以討厭上學？」

「小遙，少女心這麼單純嗎？」

像是三流演員的台詞，遙冒出這個一點都不重要的想法。

「聰美學妹身上肯定發生某些事情，讓她嚴重受創到不想上學。可是，再怎麼查都查不出原因。表白之後被拒絕，沒人知道更詳細的內容。包括拒絕的原因，以及她是在什麼時候、哪個地點、以什麼方式被拒絕，完全不得而知。神祕到詭異的程度。」

浩介垂頭喪氣地說，不過就算他的肩膀下垂，也和遙的臉一樣高。

「至少會知道被拒絕的時期吧？應該和她開始不再上學的時期一致……」

「不過啊，小遙，也不是這樣喔。」

浩介噘起嘴。

「聰美學妹在暑假期間，社團活動一次都沒缺席。是在新學期開始的同時不再來上學。」

「那麼，不就是在暑假結束的時候表白嗎？」

「這也不是……」

陷入死巷，無計可施。浩介就像這樣，一臉真的很為難的樣子。

浩介由衷擔心聰美，卻幾乎掌握不到任何線索。簡直像是明明擔心兒子的安危，卻只能看著照片祈禱的父母。浩介的表情洋溢無法言喻的無力感。

看來，問題比遙想像的還要複雜。

微調頭盔的位置，架好球棒。遙只深呼吸一次，然後朝丹田使力，用盡全力揮棒。劃破空氣的聲音響起。嗯，今天狀況不錯。

遙看向打擊區，一年級學生一臉緊張地站在那裡。投手丘上，真希舉起手，即將要投出第一球。手臂以肩膀為中心大幅旋轉，球迅速脫手而出。

砰！

如同賽跑起跑槍聲的清脆聲音響遍球場。球鑽過學妹揮出的球棒，深深收入捕手手套。

「吉田！揮棒太慢了！」

顧問木下老師的聲音，也比平常更具熱情。

距離地區新人賽剩下不到一週，壘球社的練習轉變成模擬實戰的訓練內容。和普通的揮棒練習不一樣，空氣緊繃到令肌膚刺痛。

現在也是，他們正在測試學妹對於真希認真投出的球，能夠揮棒打擊到何種程度……但是最近直球太犀利，很難打中。王牌投手與隊長。肩負這兩個頭銜的壓力，真希像是早就排除般幹勁十足。好可靠，而且很帥。

說來理所當然，但即使大賽將近，生活也不會只剩下壘球。比賽結束之後，比魔鬼還恐怖的期中考等在前面，接下來還要一口氣加速準備鴫立祭。社團、學業、文化祭，十月甚至像是沒有喘息的空檔。

不只如此，遙每週一還要經營數學屋。數學屋重新開張至今將滿一個月，上門的客人只有秀一、葵與浩介。即使如此，對於遙一個人來說，工作依然吃重。葵與浩介的委託勉強解決了，但秀一的委託還在摸索階段。要是現在又有其他困難的委託找上門，肯定會超過負荷吧。

之前會在走廊擺放「諮詢箱」，廣為蒐集想要商量的事情，但現在做到這種程度馬上會過勞死。新海報也還沒完成，數學屋要完全復活應該還要很久。

「好，再來輪到天野。」

木下老師點到了名字，遙停止揮棒練習，走向打擊區。她呼出細長的一口氣。該做的事情很多。

不過，現在要專心練習。

下次的大會，遙上場擔任外野手。雖然不像真希位於內場中央引人注目，也不像葵漂亮處理內野滾地球，不過這沒關係，遙想贏球，和大家一起贏球。

這是和「想讓數學屋成功」的想法並立，持續在遙心中靜靜燃燒的篝火。

真希的手臂柔韌轉動，球投向打擊區。看起來甚至像是從下方上浮，幾乎沒減速的直球。遙抓準時機，大棒一揮。

鏗！

金屬聲響遍球場。遙得以在最近的位置聽到這個聲音。聽多少次都很痛快的聲音。

打中球心，嘴角自然露出笑容。

然而，當遙看向球的去向，剛露出的笑容就凍結了。

「啊……！」

喉頭發出近乎哀號的聲音。

飛得老高的球，在上空脫離界內區，最後朝著界外區開始落下。白點以藍天為背景逐漸加速。守備應該趕不到球的落地點。

而且，球飛翔的軌道前方，一名戴著棒球帽的男學生正在背對這裡練跑。完全沒察覺筆直落下的球。

「危險！」

臉色鐵青的真希拉開嗓門大喊。與此同時，白球也像是瞄準靶子的子彈襲擊男學生。在遙倒抽一口氣的時候，對方終於仰望天空。翔晒成褐色的測臉，一如往常不愛理人的那張臉，明明距離很遠，卻莫名清晰烙印在遙眼底。

事情發生在一瞬間。翔稍微歪個頭，就躲開了近在眉梢的球。他面不改色，空手就輕而易舉抓住在地面反彈一次的球，然後抬起單腳，讓全身柔韌如弓，突然投球回來。

球如同一根箭，回傳到投手丘。

啪！

球漂亮收進真希的手套。

壘球社員個個目瞪口呆。真希、遙與木下老師都只能呆呆張著嘴。

翔默默轉身，若無其事繼續練跑。

遙想問一些事情，不得已在等待某人。

她只有這一點想要好好強調，以免造成誤解。

然而，遙再怎麼如此主張，壘球社的同屆社員也沒藏起笑嘻嘻的表情。除了知道內情的真希與葵，大家完全認定是感情問題。得到「加油喔」這樣的話語打氣，遙覺得好煩。她這輩子第一次詛咒女國中生凡事都扯到戀愛的思考邏輯。

在這個時候，在車站附近的速食店，真希想必正在否定大家毫無根據的臆測吧。每週二是大家買速食一起吃的日子。為什麼不惜刻意拒絕這場聚會，也要和那種男生進行像是幽會的行為？

……這也是為了數學屋的案子。忍耐。要忍耐。

遙獨自坐在社辦一角，對自己這麼說。她看向時鐘，棒球社的練習也差不多要結束了。

心情非常沉重，但遙還是從木地板起身。

走出社辦一看，正如預料，棒球社社員正在收隊。和操場相鄰的社辦大樓。身上隊服沾滿泥巴的一群人在柏油路面行走，前往像是簡陋集合住宅、規矩排列的社辦門最尾端那扇門。他們的表情洋溢著生氣蓬勃的解放感。遙原本羨慕棒球社的社員數量將近壘球社的兩倍，但是想到他們的隊長是翔，還是有點同情。

校舍方向零星傳來數種管樂器的聲音。太陽即將西沉，貼在操場的影子開始拉長。

遙背靠壘球社的門等待一陣子之後，換好衣服的棒球社社員肩膀包著漆黑的亮皮包，魚貫走出社辦。遙掃視成群的三分頭。不知為何找不到翔。

奇怪。他肯定有參與練球才對。

好幾個人在經過的時候疑惑蹙眉，卻沒人搭話。大概有人察覺遙是之前在正門用捲尺勾住樹枝的女生吧。遙想到這種事，突然覺得不好意思。

白色Y領短袖上衣、黑色長褲、三分頭，不惜捨棄外貌差異性也要將青春投注在棒球的男國中生們。人潮延續了好一陣子，最後忽然斷絕。

然後，在他們全都消失在大階梯另一頭的時候，門發出嘰嘰的聲響開啟，翔終於現身。他依然穿著泥土弄髒的隊服，肩上扛著球棒。

「怎麼了？練習早就結束了吧？」

「你還不是一樣。」

對於這個愛理不理的聲音，遙不悅地回應。我要冷靜。她如此吩咐自己的心。今天並不是來找他吵架的。

「我接下來要練習揮棒。」

練習揮棒？現在開始練？還來不及這樣反問，翔就站上操場的泥土地，早早開始檢視自己的站姿。

棒球社或壘球社等戶外社團，總是輪流使用操場。今天前半時段是壘球社，後半時段是棒球社。即使如此，翔也在壘球社練習的時候開始練跑。不只如此，練完球還要留下來練習揮棒？

真是一個熱心練習的男生。

如果是平常，遙不只是佩服，甚至還會不敢領教，但今天多兜了一圈，還是很佩服他這麼努力。

「那個……剛才對不起。沒事嗎？」

雖然不太想說，不過到最後，遙還是道歉了。說真的，遙無法控制球往哪裡飛。但她不想欠這傢伙任何人情。

翔舉起球棒，餘光朝這裡一瞥。

「在那之後，我一邊跑步一邊看了一下……妳那個差勁的揮棒動作是怎樣？」

「咦？」

「那樣揮棒，球不會好好飛喔。」

社辦大樓牆上的照明，照得得翔的三分頭汗水閃亮。無論在操場還是社辦大樓前面，除了兩人之外就沒有會動的東西。爬上大階梯前方的校舍透出微弱閃爍的燈光，彷彿燒盡留下的蠟燭。

不知何時，管樂器的聲音停止了。

「揮棒不是用手臂，是用腰部。」

翔自言自語般說。他稍微抬起右腳，使勁揮棒。切開空氣的聲音「嗡！」地響起，逐漸融入紫色的天空。遙看著風捲起塵土，總算想到了。

難道說，這是指點？

遙差點說出口，但是懾於下一記揮棒的魄力，話語被打斷。

嗡！嗡！嗡！

遙暫時看得入神。姿勢好美麗。腰的動作、手的動作、腿的動作。一切就像是一條鎖鏈，連結到揮棒的動作。儲存在體內的所有力量，淋漓盡致變換為揮棒的力道。

很像數學。遙內心的某處這麼說。

說不定，翔是要遙參考他的動作。或許單純是遙想太多。真的是捉摸不定的男生。

原本沉重的心情，稍微變輕了。

「翔，你認識秀一嗎？」

翔中斷揮棒，稍作休息的時候，遙趁機開口。「秀一？」翔輕聲說完，一副打從心底不在乎的樣子補充。

「啊啊，那傢伙啊。管樂社的傢伙。」

「原來你認識他啊。明明看起來沒什麼交集。」

「小學的時候，我們曾經同班一次。當時他是被欺負的。」

「被欺負？」

遙靠在社辦大樓的水泥牆邊，睜大雙眼。

「不敢相信。那種頑固的傢伙被欺負？他絕對會抗拒吧？」

「我哪知道這麼多。他以前很懦弱。」

翔說得像是絲毫不感興趣。他以衣袖擦拭額頭的汗水，隨時要再度練習揮棒。遙連忙問下一個問題。

「那麼，你認識聰美嗎？」

翔舉起的球棒抖了一下。他微微揚起眉角，終於露出像是表情的表情。

「當然。說到秀一與聰美，當時在我們班是話題人物。」

翔回答之後，將球棒揮到底。看起來比剛才多用了點力，但是姿勢依然標準。

「怎麼回事？」

「忘記是小學三年級還是四年級的事，幾個惡劣的小孩湊過去捉弄秀一。就某種角度來看，應該算是霸凌吧。」

又一次犀利的揮棒。風壓甚至傳到遙這裡，頭髮微微搖晃。

「秀一那傢伙只掛著笑容，看起來一點都不抗拒。」

「他們那樣，難道不是純粹玩在一起嗎？」

「如果好幾個人一起要脫他褲子叫做玩遊戲，那妳說的或許沒錯吧。」

翔以鼻子哼笑。

啊啊，小學男生常玩的那個嗎？真的很幼稚……

翔稍微移動握球棒的位子，再度揮棒。

「周圍的傢伙們也只是覺得好玩在笑，站得遠遠的看好戲。不過啊，其中有個女生什麼話都不說，走向那些傢伙。」

「是聽美？」

翔微微收起下巴點頭。接著突然以平淡的語氣扔下天大的炸彈。

「她一個耳光就甩過去。主犯的男生以及秀一，一人一下。」

「咦，聽美她？秀一也是？」

「嗯。很莫名其妙吧？」

莫名其妙。這是我要說的。甩耳光？究竟為什麼？」

「當時同班的傢伙，只要聽到『秀一與聽美』，首先想到的大概就是這件事吧。」

翔無視於混亂的遙，繼續平淡訴說。

「而且，他們兩人經常一起回家，所以也出現過各種傳聞。不過到最後，好像完全沒有鬧出緋聞的樣子。」

翔再度犀利揮棒一次，然後吐出長長的一口氣，放下球棒。剛才傳入耳中的話語，遙幾乎聽不懂。獲得的情報就是這麼對不上。實在無法在腦中結合成為完整的想像。

秀一與霸凌。聽美與耳光。

「所以？妳說秀一與聽美怎麼了？」

遙陷入思考的無底沼澤時，再度傳來翔的聲音。遙回神抬頭，和他四目相對。翔的視線冰冷尖銳，像是在觀察遙。遙感覺像是被潑一桶冷水，腦袋勉強恢復平靜。

「那個……聽美向辰學長表白，這你知道嗎？」

「我聽過這個傳聞。」

「後來聽美就不來上學了。我想為她做點事，所以四處調查。」

終於得以接觸核心了。遙鬆了一口氣，另一方面，準備重新舉起球棒的翔，明顯露出說不出話來的表情。

「什麼嘛，妳又插手管別人的麻煩事？」

「沒關係吧？這是我自己的意願。」

「妳的意願？不對吧？」

翔哼笑否定，然後再度揮棒。他幾乎不間斷，兩次、三次、四次，連續揮棒，然後像是填補揮棒的空檔，對遙詢問。

「如果是宙就不會扔著不管……正因為這麼想，妳才會行動吧？」

「咦，突然講這什麼……」

遙講到一半低下頭。她沒辦法否定。像是回程路上哼歌被別人看到時一樣不好意思。

翔就這麼連續揮棒十次。肩膀起伏，吐出一口氣，放下球棒。稍微轉動手臂之後詢問遙。

「所以呢？想找我打聽什麼？」

一如往常的冰冷表情。和宙的面無表情不同，具備魄力的表情。

就是因為擺出這種臉，我才不想拜託你。

「……辰學長是什麼樣的人？」

「討人厭的傢伙。」翔聳肩說：「口頭禪是『有人比我更適合』。」

「口頭禪？」

「嗯。像是咒語，動不動就講這句話。」

翔惡狠狠扔下這句話。又不是殺父仇人，用不著露出這麼抗拒的表情吧？

「哥哥擁有一切。棒球社前任主將、鳴立祭執行會長。成績也是全年級數一數二，還受到女生歡迎，簡直稱得上完美。」

「是喔……」

只說傳聞的話，遙也聽過，但她不太相信世界上有這種超人。

「不過，哥哥不太想主動引人注目。因為凡事到他手上都做得好。除非是真的必須由他來做的事，否則他不會插手。總是講『有人比我更適合』這種話，交給其他傢伙去做。」

我不欣賞這種作法。

翔補充這句話之後，再度用力揮棒。「嗡！」的聲音比剛才還大。明明只是揮棒，聽起來卻像是某種爆炸聲。

「聰美和辰學長之間發生過什麼事，我想問詳細一點。」

「如果我能回答就會回答。」

雖然冷漠，卻是意外善意的回應。遙感到安心，在腦中將小道消息轉換成話語。

「聽說聰美是在暑假結束的同時不再來上學。所以，聰美向辰學長表白的時期，肯定是在暑假的尾聲……我原本是這麼想的，但浩介學長說不是這樣。為什麼？」

「浩介學長說的應該正確吧。」翔沒多想就回答：「我媽與我哥，從八月二十號左右到三十一號都在九州。那裡是我媽媽的老家。」

「在九州？」

「嗯。」

「跟著父母返鄉，我可以理解……但為什麼只有你媽和你哥兩人？」

「因為我幾乎每天都有社團活動，我爸要工作。」

「嗡！」的風切聲再度撼動遙的耳膜。翔深深吐一口氣，隔著肩膀瞥向遙。

「他們是在暑假最後一天回來。當時是白天，但後來他們直到晚上都在家。所以在暑假後半，我哥肯定沒見過國中的任何人。」

「是喔，沒見過任何人啊……」

「所以，聰美不來上學之前的那段時間，沒見過我哥。如果她表白了，應該是更早之前的事。」

「有沒有可能是用電子郵件或電話表白？」

「這我就不清楚了。」

嗡！

翔簡短回答之後，將球棒揮到底，然後就這麼默默繼續揮棒。遙注視著他沾滿泥土的隊服，以及黑影深鑿的側臉。

嗡！嗡！嗡！

大概經過三分鐘左右，翔忽然放鬆力氣，左手放開握柄。他不知道想到什麼，視線落在手心不動，手掌反覆開闔。

最後，翔輕輕將球棒扛在肩上，轉身面向遙。他似乎很喘，在昏暗之中也看得見球棒微微起伏。翔進行兩、三次的深呼吸。

「表白的方式是寄電子郵件、寄信還是親口說，這種事我不知道。不過，刻意挑選返鄉的時期表白，怎麼想都不自然吧？」

「這種事很難說喔。」

「……真是的。」

翔將球棒立在牆邊，輕輕響起「叩」的沉重聲音，撿起腳邊的樹枝。

翔折斷分叉樹枝的其中一邊。

「用『戀愛不等式』思考看看吧。」

遙頓時倒抽一口氣，封閉的記憶之門突然被槌子敲破。翔拿著樹枝，開始在操場的白土上寫字。

$$X<PY_1+(1-P)Y_2$$

「X是『維持現狀的幸福度』。$PY_1+(1-P)Y_2$是『表白之後的幸福度』。我怎麼可能忘得了？」

遙注視寫在地面的方程式，緊閉嘴角。心臟在胸腔深處用力跳動。那天的興奮再度甦醒。

不可能忘得了。

戀愛不等式。比較「維持現狀」與「表白」的「幸福度」，藉此判定是否該表白，如同魔法的不等式：$X<PY_1+(1-P)Y_2$。

這是宙轉學前最後尋求的方程式。

維持現狀的幸福度＝X

對方接受表白的幸福度＝Y_1

對方拒絕表白的幸福度＝Y_2

對方接受表白的機率＝P

「$X<PY_1+(1-P)Y_2$」成立的時候，表白之後的「幸福度」比較高，所以應該表白。反過來說，如果「$X>PY_1+(1-P)Y_2$」成立，維持現狀的「幸福度」比較高，所以不該表白。

這是不惜使用「期待值」這個高中範圍的數學名詞，由數學屋眾人開發的原創不等式。其實有個小小的缺陷，如果兩邊是以「＝」連結，就無法發揮作用……不過除了這種罕見案例，都能為戀愛的人指引該走的路。

「這是那個神之內宙臨別留下的禮物。機會難得就拿來用吧。」

此時翔終於露出笑容。再怎麼說，這傢伙其實也喜歡數學。他以樹枝前端敲打方程式。

「站在聽美的立場思考吧。至今是$X>PY_1+(1-P)Y_2$的不等式，變成了$X<PY_1+(1-P)Y_2$，所以她才決心表白吧？換句話說，不等號翻轉了，比起『維持現狀』，『表白』的『幸福度』比較高。」

翔以樹枝刮土，在∧的部分畫圈。

確實有道理。

暑假之前，聽美之所以沒向辰表白，是因為戀愛不等式不成立。換言之，就是$X>PY_1+(1-P)Y_2$，「維持現狀」的「幸福度」比較高。不過，她在暑假期間下定決心表白，也就是說，基於某些契機，使得「表白」的「幸福度」高於「維持現狀」。

「暑假期間，大概出現改變『數值』的某種『要素』吧。」

翔扔掉手上的樹枝。

「我哥待在九州的時候，對於聽美來說，X確實變小。想也知道是這樣。距離變遠，『幸福度』當然也會變低……不過，妳想想看。這始終是暫時性的。我哥從九州回來之後，X的值也會復原。」

翔經過遙前方，再度拿起球棒。遙連忙拉開距離。翔緩緩舉起球棒，筆直注視操場的遼闊黑暗。

「既然這樣，將『返鄉回九州』跟『不等號的翻轉』扯在一起，再怎麼說也太牽強了。」

嗡！

翔的揮棒，彷彿撕裂薄暮的閃電。他的犀利程度似乎隨著揮棒次數增加。一般來說，明明應該是越累越沒力才對。

在這之後，翔持續默默揮棒好一陣子。球棒劃開風的聲音，釘鞋抓住地面的聲音，還有翔深呼吸的聲音，以固定的節奏持續。遙眺望翔的背影一段時間，然後看向寫在操場一角的方程式。

戀愛不等式：$X<PY_1+(1-P)Y_2$。

某種「要素」使得聽美心中的不等號翻轉。這個「要素」不是返鄉這種暫時性的東西，是一直持續更久的東西。暑假期間出現某種「要素」，讓兩人的關係產生決定性的變化。

「對方接受表白的機率」或是「表白的幸福度」，遙不認為可以輕易改變。這麼一來，應該是「維持現狀的幸福度」，也就是X變小了。想得到的原因有……

「啊，退休？」

「應該吧。」

翔迅速地回應。他停止揮棒，轉動手臂。

「聽美在排球社休息的日子，經常來看棒球社練習。她說是因為班上朋友在棒球社。現在回想起來，她應該是為了我哥來的吧。」

「看，她經常坐在那附近。」翔說著以球棒前端指向大階梯。各階的界線融入黑暗，階梯看起來莫名平坦。

然後，翔再度低頭看向光明正大寫在地面的戀愛不等式。

$$X < PY_1 + (1-P)Y_2$$

「既然退休，就代表如果繼續『維持現狀』，和我哥見面的次數會極度減少。換句話說，X也會變小。不等號翻轉也不奇怪。」

不等號……翻轉……

遙如同在確認手感，在內心複誦這句話。

「順帶一提，棒球社的退休比賽，聰美曾來加油喔。」

翔將球棒扛在肩膀，像是補充般這麼說。令人驚訝的是，他好像已經調勻呼吸。

「退休比賽是七月底舉辦的。認定她在那天或是在那之後表白，應該是很適當的推測。」

「那麼，聰美是在七月底被拒絕？如果這是真的，在她不來上學的這個月，究竟發生什麼事？」

「天曉得。」

翔在這時候稍微板起臉，如同漂亮將球打擊出去卻擦線成為界外球，一副著急的表情。

「會去社團，卻不去上課。或許是基於某種原因吧。」

會去社團，卻不去上課的原因。

為什麼？討厭班上之類的？

「難道說，聽美被霸凌？」

「如果是這樣，同為女生的妳比較敏感吧，有感受到霸凌的氣息嗎？」

遙試著仔細將記憶的絲線捲到手上。不過，她沒聽任何人傳過A班發生霸凌事件。聽美是和他人保持距離的類型，但如果發生霸凌，遙終究會耳聞才對。

遙不發一語，搖了搖頭。翔以扛著的球棒輕敲兩下肩膀。

「那個指揮小子，應該知道某些事吧？」

「你說的指揮小子是……」

不用說，應該是秀一，不過這稱呼真粗魯。要是讓翔和現在的秀一見面，應該不會發生什麼好事。

「……可是，秀一只說『內心完全沒有底』。」遙嘆氣回答。

今天的午休時間，遙試著若無其事地向秀一搭話，告知從浩介那裡得知聽美失戀的事。但是，遙不認為聽美只因為這樣就不來上學。如果是秀一，或許會稍微知道聽美暑假發生什麼事。

不過，秀一只說「插手管別人的戀愛，是不道德的行為」，幾乎不肯回答任何事。

「啊，不過……他告訴我，聽美在暑假期間開始上補習班。說不定是討厭那所補習班。」

「既然這樣，翹課別去補習就好吧？為什麼連學校也不來？」

一點都沒錯。輕易被翔駁倒，使得遙噘起嘴。想到什麼就脫口而出，是遙的壞習慣。

「真是的。既然這樣，再去找宙那傢伙討論吧。妳知道聯絡方式吧？」

「嗯，這麼做應該比較好。」

遙率直點頭。即使遙獨自思考，最後也只會在相同結論打轉。總之先整理已知的狀況，再聯絡宙……

咦？

「你怎麼知道宙曾經和我聯絡？我沒說過吧？」

「我問真希的。」

「什麼時候問的？」

「什麼時候都沒差吧？」

翔像是在趕蒼蠅般揮手，就這麼扛著球棒，在黑暗之中走向社辦。追加的揮棒練習看來已經結束。

話說回來……

難道真希也挺多嘴的？還是因為擔心我，所以隨口找翔商量？如果是後者，真希望她找翔以外的對象商量。

遙心不在焉思考這種事。就在這個時候，正要進入社辦的翔，像是想起什麼般停下腳步。

「不只是宙喔，還有真希，也有葵。妳腦袋不好，所以儘管向同伴求助吧。」

「有句話是多餘的。」

遙回嘴之後吐舌頭扮鬼臉，翔輕聲哼笑。他立刻消失在棒球社的社辦。遙獨自留在社辦大樓前面。

「真是的。」

遙板著臉低語，不經意看向翔寫在地面的「戀愛不等式」。數學屋傾盡全力完成，溫柔卻夢幻的方程式。

宙與遙，真希與葵，還有翔。

說不定，數學屋要五人集結才是完整形態。因為即使是宙，創造「戀愛不等式」的時候，也依靠了另外四名同伴。

這次的問題也是……如果五人再度同心協力，就能解開嗎？

遙在腦中描繪這個溫馨的理想，踏出腳步。頭上的月亮沒被遮蔽，月光灑落地面。

這個時候的遙，連想都沒想過。

五人組成的數學屋，居然創造出名留東大磯中學歷史的偉大傳說。

鳴立祭創始以來的大計畫。

成為計畫契機的一封電子郵件，是宙在十月上旬寄來的。日期是三週後即將舉辦鳴立祭的星期四。

問題四

試拯救不上學的學生

「奇怪的郵件？」

真希疑惑反問，遙回應「嗯」點了點頭，從包包取出預先準備的資料夾，放到桌上。不只真希，葵與翔也探頭注視。

資料夾裡面是一張影印紙，紙上印著電腦郵件的收件畫面。寄件人是「Sora Jinnouchi」，收件人是「天野遙」。寫著「non title」的下方，只印出三行內文。

$A_{n+1}=A_n-f(n)$

n＝天數

f(n)有個人差異，但在這次的狀況，f(n)≧0

「咦……只有這樣？」

葵驚訝地瞪大雙眼。隔兩張桌子的一群陌生國中生發出笑聲。

現在是星期日正午。遙、真希、葵、翔四人集結在壘球社經常光顧的速食店，面對一張影印紙與四杯可樂聚首討論。

這是為了集思廣益，解讀宙寄來的神祕郵件。因為和上學或社團無關，大家都穿著便服。

昨天星期六，遙她們的壘球社在地區新人賽的第二輪比賽輸球。上午的第一輪比賽，真希將對方打點壓在一分，遙也打出製造機會的安打，大家狀況絕佳。不過在下午，她們對上奪冠大熱門的八重咲中學，分數是一比八。沒能打進今天舉行的準決賽與決賽。

「疲勞顯現出來了耶。」

在比賽結束的會議上，隊長真希笑著對消沉的隊員們這麼說。幾乎沒人抬得起頭。

「好啦，既然結束了，就算沮喪也無濟於事喔。多加練習，下次贏回來吧。」

好堅強的發言。對上再強的敵人，一般來說，真希也不可能被拿走這麼多分。是遙她們後援的失誤累積到丟掉八分。即使如此，真希依然連一句話都沒責備隊友。

隊長都那麼說了。不可以沮喪。

遙努力對自己這麼說。輸球確實不甘心，但是第一輪比賽贏了。輸給奪冠熱門隊伍這種事，還是早點忘記比較好，內心的負擔會變輕。

遙是這麼想的。所以回程途中，她發現忘記拿手機而趕回更衣室的時候，倒抽了一口氣。她連忙躲到置物櫃暗處。

真希在哭。

她蜷縮在更衣室角落，像是害怕的孩童，顫抖著肩膀哭泣。

不可能不懊悔。她以隊長身分帶領球隊走到這一步，終於迎接這場比賽。攸關縣賽參賽權的地區大賽，一年舉辦三次，距離明年夏天退休只剩下兩次。

太倚賴了，她們過度倚賴真希的溫柔。

好一陣子，遙連一根手指都動不了。更衣室裡，只有真希的啜泣聲不時像是突然想到般響起。

今天的真希，其實肯定也還沒甩掉懊悔的心情。遙稍微遲到抵達會面地點的時候，真希露出笑容向她揮手。

葵也是。四天後即將進行第二學期的期中考，她的成績明明是四人之中最危險的。嗚立祭執行會的工作也很忙，高中測驗的準備肯定還沒有進度，卻毫不抱怨前來參加。

而且，翔也是。嘴裡說「好麻煩」，最後還是趕來了。

為了遙，大家都來了。

光是如此，遙就得費好一番工夫，克制變得溫熱的眼角。

「這東西，確實只能形容成『奇怪的郵件』。」

翔拿起桌上的資料夾，在面前晃動之後板起臉問：「除此之外音訊全無？」

「嗯……我回信問他『什麼意思？』，可是他後來完全沒聯絡。」

「這樣啊。」

翔稍微突出下脣。將資料夾放在桌上。僅有三行的算式，輕盈飄落在桌子中央。真希開開關關可樂杯蓋，開口詢問。

「宙他……究竟是什麼意思？我認為他的行動總是照道理走，可是……」

「是嗎？他原本就是個莫名其妙的傢伙啊。」

翔哼了一聲。真希不高興般瞪他一眼，葵不知所措，交互看著兩人。遙心不在焉眺望三人的樣子。

宙的行動真的照道理走嗎？這種事連遙也不知道。感覺他總是在做亂七八糟的事，也覺得其實他所有的言行都朝著同一個方向走。要理解宙腦袋裡的一切，肯定和理解宇宙的一切差不多困難吧。

不過，只有這次不同。

宙寄這封郵件，肯定是基於某個重要的意圖。遙很確信，她從這條算式感受到某種非比尋常的氣息，某種像是魔力的東西。

正因如此，她硬是找了這三個人過來。在第一學期，和宙與遙一起挑戰難題的可靠同伴們。

「我想，這應該是要我解題看看。」

遙指尖輕撫資料夾的表面。視線相交迸出火花的真希與翔，驚訝地看向遙。葵也詫異歪過腦袋。

「你們想想，秀一找我商量的那個煩惱，要怎麼做才能讓聽美願意上學……我在電話裡大致對宙說明過。」遙承受三人的視線這麼說。

「我想，宙肯定光是這樣，就想到解決方法了。」

「只靠著電話？這種事……」

難以置信。真希肯定想這麼說吧。不過，翔在她說完之前插嘴。

「哎，普通的國中生應該辦不到……不過那傢伙是神之內宙。如今他做出什麼事都不嚇人了。」

翔以吸管喝可樂，咧嘴一笑。不是以往置身事外的平淡語氣……是頗為愉快，具備主見的聲音。

遙以指尖捏爛吸管套。

「確實是這樣。如果是宙，就算做得到也不奇怪。不過，我想這是相當幸運的案例。」

「幸運？」

翔如此反問，皺起眉頭。遙像是在挑選言辭般沉默片刻。接下來的部分只是推測，也可以說是想像。遙猶豫是否可以說出口。

而且，猶豫到最後……

「來自美國的協助，是有極限的。」

結果，她決定說出來。

「不可能所有問題都只靠電話解決。所以他才會故意只給提示吧？希望我身為數學屋的店長，可以一個人經營下去，可以有所成長。」

講到最後，她像是細細咀嚼每字每句。

稱不上推測，單純只是想像。不過，當遙說出口，少年的身影就浮現在眼前。

搬到遙遠的美國之後，還是擔心遙他們。他以自己的方式思考之後，寄了這種像是暗號的郵件。雖然笨拙到不行，卻是竭盡所能的貼心舉動。

這麼想，就覺得一切都暢快作收。

「或許吧。」

真希單手輕輕撥起短髮，裝模作樣地嘛嘴，食指豎在面前。

「不過，妳說什麼『我』或是『一個人』，這有點過分吧？」

聽到真希不滿的聲音，遙頓悟了。葵笑瞇瞇地露出酒窩。翔刻意將椅背壓得嘰嘰作響。不安，或是慌張……內心的陰霾被風吹散。

「抱歉抱歉。是『我們』、『一起』，對吧？」

遙重新確認理所當然的事情之後這麼說。「就是這麼回事。」真希咧嘴一笑。只要和這些人一起……好像要前往任何地方都沒問題。

遙感受著胸口的暖意，朝自己的紙杯伸手。接著，其他人就像是事先說好，同時拿起自己的杯子。遙忍不住噗嗤一笑，另外三個人也笑出聲音。

「收到郵件之後，我自己去圖書室查過……這個A叫做『遞迴關係式』。」

遙在桌上打開筆記本，打前鋒開口。葵像是聽到外語般愣住。

「遞迴關係式？」

「嗯。」

接著，遙從包包取出一本書，讓大家都看過一眼印著《家計與數學》的封面後，打開貼著便利貼的頁面。

「這本書寫得很詳細。舉例來說……」

遙將自動鉛筆轉一圈，看向標題寫著「什麼是遞迴關係式？」的項目，以指尖撫摸看起來最簡單的部分。

「那個，時薪一千圓的打工，工作n小時可獲得的薪水設為a_n圓的話……」

$$a_{n+1}=a_n+1000$$

遙念出說明文字，一邊照書上所寫，在筆記本仔細寫下算式。另外三人默默注視著逐一增加的記號與英數字。

「以百分之二十的年利率貸款，n年後的貸款設為b_n……」

$$b_{n+1}=1.2\times b_n$$

遙將寫好的兩行算式和書上記載的算式比對，確認完全無誤。她直到前天才在圖書室查到，這輩子從沒看過這種算式。這是高中學習的數學。

「換句話說，這是什麼意思？」

葵以吸管喝一口飲料，用有所顧慮的語氣問。這也在所難免，遙自己也一樣，是否確實理解還有待商榷。

要從哪裡說明呢？遙如此思考而歪過腦袋時，翔聳了聳肩。

「妳突然就寫n這種記號，才這麼難懂。一開始先用數字好嗎？」

雖然語氣動不動就惹人不愉快，但翔說得很中肯，真希與葵似乎也有同感。還無法以具體的數字理解就和記號方程式戰鬥，這也太直接了。

這麼說來……記得宙為了讓我好懂，也是盡量不使用記號說明。在那個時候，遙想都沒想過自己居然站在說明算式的這一邊。不過她的數學實力依然只是半桶水。

遙的視線掃視四周，盡是國中生或親子搭檔的店內，除了他們之外，究竟還有哪些人會思考「遞迴關係式」的問題？

腦中的鍋爐開到大火，引擎開始全力運轉。

遙在 $a_{n+1}=a_n+1000$ 與 $b_{n+1}=1.2\times b_n$ 下方追加算式。

$a_2=a_1+1000$

$a_3=a_2+1000$

$a_4=a_3+1000$

……

$b_2=1.2\times b_1$

$b_3=1.2\times b_2$

$b_4=1.2\times b_3$

……

「a或b旁邊的小數字逐一變大了。」真希看著規矩排列的算式群開口：「計算前一條算式，就會出現下一條算式。是這個意思嗎？」

「好像是這樣。」

遙確認沒寫錯之後，放下自動鉛筆。葵好一陣子像是變成銅像，動也不動盯著筆記本看，最後忽然露出笑容。

「我懂了！a_1加一千是a_2，a_2加一千就變成a_3，所以a_n加一千會變成a(n+1)對吧？什麼嘛，這麼簡單。」

葵坐在椅子上，身體開心地起伏。馬尾也配合她的動作小幅度晃動。遙與真希一起暫時守護葵可愛的一舉一動。

不過，翔看都不看一眼像是兔子上下跳動的葵，突然抓起遙放在桌上的自動鉛筆。

「那麼這東西……」

遙還來不及出聲抗議，翔就以遙的自動鉛筆，開始在遙的筆記本加上算式。意外工整、不像男生字體的文字群，迅速排列整齊。

$$A_2=A_1-f(1)$$

$$A_3=A_2-f(2)$$

$$A_4=A_3-f(3)$$

……

「是這麼回事嗎？」

翔終於遞出自動鉛筆。好歹說聲謝謝吧？遙勉強將這句話收進心裡。不提翔的態度，他寫在筆記本上的方程式是正確的。

宙送來的遞迴關係式$A_{n+1}=A_n-f(n)$，意思是「前一項減去f(n)，就會成為下一項」。構造看起來相當簡單……

「不過，f(n)是什麼？」

真希以指尖撫摸算式，皺眉詢問。翔與葵的視線也朝這裡一瞥。

遙就像是等這個問題等很久了，迅速將手伸進包包。

「放心。這我也調查好了。」

遙取出一本相當厚的書《五花八門的函數》，和剛才一樣，打開便利貼標示的頁面。

「f是function的f，意思是『函數』。你們想想，不是有『一次函數』或『二次函數』之類的嗎？$f(x)=x+1$，或是$f(x)=x^2$……總之，如果說到f(x)，就是『x的式子』的意思。」

遙盡量注意使用緩慢的語氣。這是為了避免另外三人，尤其是葵被說明的列車甩落……也是為了避免身為駕駛的自己走錯路線。

實際上，只要稍微鬆懈，感覺就會不小心滑往錯誤的方向。好不容易找到通往答案的線索，為了避免遺失，遙仔細動著自動鉛筆。

設定：$f(x)=x+1$

$f(1)=1+1=2$

$f(2)=2+1=3$

$f(3)=3+1=4$

……

設定：$f(x)=x^2$

$f(1)=1^2=1$

$f(2)=2^2=4$

$f(3)=3^2=9$

……

「那麼，f(n)就是『n的式子』？」

「對。不過『n的式子』究竟是n+1、n^2，或者是更艱深的式子，我就沒那麼清楚了。」

「原來如此，看懂之後就意外單純。」

不愧是翔，吸收得很快。葵注視筆記本，拚命要解讀算式。雖然有點擔心，不過約一分鐘後，葵像是人偶般頻頻點頭。

遙和微笑的真希四目相對。看來勉強算是順利說明了。

寫成這樣：$A_{n+1}=A_n-f(n)$，和神祕的古代文字沒什麼差別，不過只要逐步解讀，我們也可以理解。遙覺得像是邊查字典邊讀英文的作業，她再度看向翔書寫排列的算式。

$A_2=A_1-f(1)$

$A_3=A_2-f(2)$

$A_4=A_3-f(3)$

……

「妳在滿意什麼？」翔以不可置信的聲音詢問注視筆記本的遙：「還沒解決任何問題吧？」

「我知道啦。」

像是打出安打開心不已的時候突然被數落……心情彷彿被潑一桶冷水，使得遙噘起嘴。

「$A_2=A_1-f(1)$這條式子……不是能代入$A_3=A_2-f(2)$嗎？」

所有人喝完小杯可樂的時候，首先說出這番話的不是別人，正是真希。她以自己自動鉛筆的筆尖輕敲筆記本。

原來如此，一點都沒錯，遙看著真希以自動鉛筆示意的位置心想。然後立刻將

$A_3=A_2-f(2)$改寫，成為$A_3=A_1-f(1)-f(2)$……

「咦？接下來，$A_4=A_3-f(3)$好像可以用$A_3=A_1-f(1)-f(2)$代入……」

葵指著順利變長的算式，稍微猶豫地開口。遙不禁「咦」了一聲，目不轉睛看著筆記本。確實如葵所說。寫在下一行的$A_4=A_3-f(3)$也可以繼續改寫。遙再度動起自動鉛筆。

然後，面對像是念珠逐漸變長的算式，遙他們察覺了一件事。

接下來的$A_5=A_4-f(4)$，可以用$A_4=A_1-f(1)-f(2)-f(3)$帶入。不只如此，由此得出的$A_5=A_1-f(1)-f(2)-f(3)-f(4)$，可以用下一行的$A_6=A_5-f(5)$代入。

下一行也是，再下一行也是……只要有耐心，這樣的代入可以重複無限次。

「自動鉛筆借我。」

翔忽然伸出長滿繭的手。真希不滿地噘嘴，交出自動鉛筆。

這傢伙難道沒有自己的文具用品？又不是某個小矮人少女，真希望他不要熱中於借物過生活。

$$A_2=A_1-f(1)$$
$$A_3=A_1-f(1)-f(2)$$
$$A_4=A_1-f(1)-f(2)-f(3)$$
$$A_5=A_1-f(1)-f(2)-f(3)-f(4)$$
$$A_6=A_1-f(1)-f(2)-f(3)-f(4)-f(5)$$

「寫得好懂一點，就是這樣吧。」

和筆與筆記本不太搭的三分頭少年面無表情地說。工整排列的字串，遙覺得和宙昔日給她看的算式蘊含相同的美。

如同往下走一階。n每次加一，算式就變長一些。多加一個「－f(n)」。

此時，遙注意到了。宙寄來的神祕郵件。她輕輕拿起夾著那張影印紙的資料夾。除了「遞迴關係式」，寫在紙上的另外兩行算式映入眼簾。

n＝天數

f(n)有個人差異，但在這次的狀況，f(n)≧0

「n＝天數」。這應該是正如字面的意思吧。那麼，f(n)≧0呢？就是「f(n)總是大於或等於零」。

既然這樣……

「那個，這條式子的意思……是不是『－f(n)總是小於零』？既然這樣，是不是n每次變大，A_n反而會逐漸變小？」

上課的時候，大家明明知道問題的答案，卻沒自信，所以都不說話。遙懷著類似的心境，以較小的音量說。真希與翔皺起眉頭，葵耳垂變紅。

猶豫到最後，遙不是選擇說下去，而是選擇行動。筆記本出現誇張的算式。

$A_1 \geqq A_2 \geqq A_3 \geqq A_4 \geqq A_5 \geqq A_6$……

井然相連，看起來好像蛇，身體很長、花紋花俏、似乎會出現在叢林的蛇。這座新蓋好的石橋，另外三人各自踩踏、輕敲，仔細研究。

n變大，A_n就變小或不變。絕對不會大於前一項。蛇斷然告知這一點。

「確實是這樣。A_n可能變小，但不可能變大。」

翔以指尖撫摸著蛇一般的算式，如同藉由伸手觸摸，確認眼前的事實。

「不過，這又如何？依然不知道A_n的真面目吧？」

尖銳卻切中要害的話語。遙無法回嘴，不由得看向真希。不過即使求助，真希自己也只是歪著腦袋。至於葵……大概是大腦快達到極限，整個耳朵像是煮熟般紅通通的。

只差一點。明明只差一點就懂了。

遙好想就這麼坐在椅子上跺腳。周圍的喧囂開始刺耳，無謂地造成焦慮。

「沒辦法了。要不要暫時保留這些式子？」

此時，真希幫忙揮走這股開始沉悶的空氣。

「總之，先試著整理已有的訊息吧。妳調查過了吧？聰美不來上學的原因。」

「說得也是。確認現階段已知的『數值』是很重要的事。」

「啊，我也想好好聽一下。」

三人紛紛這麼說，遙略感困惑。總之，必須冷靜。遙如此吩咐自己。

從浩介口中聽來的聽美狀況，以及從翔那裡得知辰的情報。這兩件事遙只有大略告訴真希與葵，趁這個機會詳細說明比較好吧。

「知道了。我試試看。」

遙默默整理腦袋一段時間，然後開始依照時間順序說明。

暑假期間，聽美向辰表白，然後被拒絕。這件事好像發生在辰進行退休比賽的時期。而且，聽美表白遭拒之後還是會參加社團活動，進入新學期卻突然不來上學。

真希與葵當然沒說話，翔也不插嘴。遙的聲音平淡響起，彷彿鑽過店內的喧囂。

「我知道的就這些。聽美被拒絕之後，在社團活動也表現得很正常……所以我覺得她不來上學，肯定有另一個決定性的原因。」

「去社團卻不去上課。原因是……」

真希自言自語般輕聲說。葵隨即稍微瞇細圓圓的眼睛。

「難道不是單純不想見辰學長嗎？妳們想想，學長就算從社團退休，到了新學期還是會來學校吧？」

「三年級和二年級的教室在不同樓層。只要不刻意去見面，兩人幾乎沒交集吧？」

「用不著這樣斷定吧。說不定會在走廊撞見啊？」

「只是這樣的話，暑假期間也一樣吧？我哥退休之後也經常去學校啊，因為他是鳴立祭的執行會長大人。」

被斬釘截鐵這麼說，葵沮喪縮起肩膀。這個舉動令人不禁想安慰她。看到她這副模樣也毫無罪惡感的翔，體內肯定沒血沒淚吧。

「不過，開學之後，上學途中遇見的可能性也會增加吧？」這次是真希以認真的眼神提出意見，「這麼一來，是不是很尷尬？」

「我家靠海耶，在學校通往海水浴場的路上。」

翔面不改色回答。真希垂頭喪氣。

「對喔。聰美住在靠山的那一邊，方向相反。」

她說完之後，「唔……」地輕聲呻吟。看來即使是真希，也終究想不到原因。

翔的目光一如往常，銳利得像是可以射穿鐵板。不過連遙也知道他並不是懷抱敵意。之所以悉數否定大家的意見，是因為一下子就想到如何反駁。他的腦筋就是動得這麼快，而且是認真幫忙思考問題。

遙確實希望翔學習讓自己說話再溫柔一點……不過翔也和遙朝著相同的終點前進。真希與葵當然也一樣。

宙肯定是認為這四人解得開，才會寄那封電子郵件吧。應該是將這個問題交給四人處理吧。既然這樣就肯定存在。某處肯定藏著通往終點的線索……

「說不定，是許多小事的累積。」托腮的真希忽然這麼說：「各種東西不斷堆放在心裡，然後越來越不想來學校。或許是這種感覺。」

越來越不想來學校……

這是不經意說出的一句話，卻像是投入水池的小石頭，在遙的腦中發出噗咚的聲音落下。激起漣漪，知識沙沙作響。

$$A_1 \geqq A_2 \geqq A_3 \geqq A_4 \geqq A_5 \geqq A_6 \cdots\cdots$$

眼前的算式動起來了。宙所託付的意志和算式蘊含的意思，朝著遙開口訴說起來。

「那個，我稍微想到一件事……」

回過神來，遙開口了。話語的一角微微顫抖。

「這條式子，是不是聽美現在的心境？」

真希、葵、翔三人同時看向遙。或許是察覺氣氛的變化，眾人探出上半身專注聆聽。

如同階梯相連，從 $A_2 = A_1 - f(1)$ 到 $A_6 = A_1 - f(1) - f(2) - f(3) - f(4) - f(5)$ 的算式群。遙以自動鉛筆逐一指著這些算式。

「想上學的心情一天天減少。越是請假不上學，就越是一點一滴減少。剛開始減掉 $f(1)$，再來減掉 $f(2)$，第 n 天減掉 $f(n)$……」

遙聽到吞嚥口水的聲音。聲音來自三人之一，也可能是所有人。

A_n 是聽美「想上學的心情」。遙在腦中重複這句話，回想起昔日裝病請假的往事。

忘記是國小二年級還是三年級。某天，遙不知為何好想請假不上學。應該是和朋友吵架或沒寫作業，這種不足為提的原因。遙謊稱肚子痛，向小學請假。媽媽很擔心，吩咐她在房間睡覺休息。

到最後，遙連續兩天裝病請假。到了第三天，遙對自己內心的變化感到困惑。

不想上學的原因，不知何時改變了。和朋友或作業無關，單純是稍微懶得走到名為「學校」的場所。

遙莫名害怕起來，第三天早上，她衝出家門上學。後來遙再也沒有裝病請假。除此之外，還有一個令她在意的記憶。國小四年級的時候，班上男生某天突然沒來上學。原因是遭到部分同學霸凌。霸凌的孩子當然被老師嚴加訓誡，下次編班的時候，所有人都和被霸凌的男生不同班。

不過，即使升上五年級，那個男生還是沒上學。明明霸凌的原因完全排除，但是到最後，直到升上六年級轉學，他都沒有再度踏入教室。

契機這種東西，應該是因人而異吧。

不過，學校這種地方，只要請假越久，上學本身的門檻就越高。拒絕上學的原因是否還在，對於當事人來說一點關係都沒有。不是單純的心理創傷或身體狀態欠佳，是另一個次元的力量造就的結果。

學校就是這樣的地方。

「可是這麼一來，解決不了任何問題啊。」

忽然傳來翔的聲音，將遙從記憶之海打撈上來。眉心出現嚴肅皺紋的翔，和遙的目光相對。

「假設『想上學的心情』逐漸減少……我們再怎麼做，都沒辦法讓聰美走出家門吧？」

真希與葵朝他們投以擔心的眼神。

沒錯。翔說得對。這條遞迴關係式一旦開始，之後數值只會一直變小；如同從無限的階梯摔落，持續朝著更深的底層落下。

再也不會想上學。這件事已經以數學形式呈現出來……看似如此。

「……還有喔。」

「啊？」

遙正面承受翔的犀利目光。

因為，遙找到了。從遼闊到絕望的大海中，找到一粒希望之沙。數學全是遙的助力，所以沒必要懼怕任何東西。

「A_n翻轉的一瞬間，現在還在喔。現在還來得及扭轉乾坤。」

就像是那傢伙平常做的。遙挺起胸膛，光明正大地宣布。

有自信是好事，不過比起遞迴關係式，遙他們應該先面對另一個問題：第二學期的期中考。最近總是在應付「數學」這個問題兒童，所以打開英語或社會課本的時候，出題範圍廣到令遙不禁頭昏眼花。和看到數學就想吐的半年前完全相反。

而且當數學成為考試科目之一時，也是個強敵，相當難纏。考試中沒辦法使用計算機，也不能用手機查詢公式。

遙將體力與精神力都壓榨到極限，只顧著將知識塞進大腦。當天只需要將這些知識完全挖出來，轉移到答案卷就好。這是典型的做學問失敗方法，但這次沒時間了，所以逼不得已。下次她會拿出真本事。

就這樣，遙勉強度過週四與週五連兩天的期中考。

遙讓變得像是煮沸豆腐般的大腦在週末兩天好好休息，到了星期一，她沐浴在充滿活力的空氣中，沿著走廊前進。某間教室傳來莫名響亮的聲音，大概是演戲的台詞吧。其他樓層也隱約傳來流行曲風的音樂。橫越球場的聲音，一如往常是棒球社的吆喝聲。

今天是三天連假的最後一天，也就是體育節。這天是公定假日，學校放假，而且是星期一，壘球社也不用練習。但是遙有個非得來學校的理由。

遙探頭看向二年B班教室。教室一角，一男一女隔著桌子面對面，不知道在寫些什麼。遙故意輕敲已經開啟的門，兩人隨即抬頭。

「啊，妳來啦。」

真希開心地揮手。反觀秀一細如線的雙眼，洋溢質疑的神色。

「秀一，有件事想找你談談。」

只有三人的教室裡，遙的聲音留下些許回音擴散。看得出秀一表情明顯因為抗拒而扭曲。

「不好意思，可以之後再說嗎？我正在和真希同學合作，填寫鳴立祭相關的申請文件。」

「沒關係啦，剩下的我來做。反正只要謄寫吧？」

真希很乾脆地說完，秀一改成對真希投以不滿的目光。但他還沒開口，真希就迅速整理好桌上攤開的文件起身，快步離開教室。

「再見啦！」

和遙擦身而過走到門外時，真希愉快地眨了眼。遙目送她離開之後，立刻坐在數學屋的營業處，也就是二年B班教室最後列、窗邊數過來第二個位子。

「不好意思，來這裡坐吧。」

遙招手示意，秀一不情不願地起身。兩人隔著插了「數學屋」、「一起思考您的煩惱」旗幟的座位面對面。制服已經換季，所以遙穿深藍色西裝制服，秀一是黑色長袖學生服。遙自然想起總是穿長袖學生服的宙，感覺有點懷念。

「要談什麼？」秀一瞅嘴瞥向手表，「我是鳴立祭執行人員，沒什麼空。」

「那些工作，真希不是說她會一個人解決嗎？」

「話是這麼說，但也不能把工作塞給女性獨自做……」

「我要談聽美的事。」

遙打斷秀一固執的話語，秀一頓時結巴。

「管樂社，明天起要為了表演當天加緊練習對吧？班上也要正式開始準備……既然這樣，我認為機會只剩下今天。」

「……妳說得很對。」

只要聊到這個話題，他就莫名懂事。如果他平常就是這種態度該有多好。

「想到什麼好方法了嗎？」

「嗯，姑且想到了。」

「太好了。事不宜遲，立刻實行吧。」

秀一雙手抱胸，心情愉悅般放鬆臉頰。但是遙不發一語，他疑惑蹙眉。

「什麼事？怎麼了嗎？」

「解決這個問題的人，不是我。」

「咦？」

「既然是兒時玩伴的煩惱，負責做個了斷的人當然是你吧？」

遙的聲音在只剩下兩人的教室擴散。秀一腦袋還沒理解這段話，遙就打開筆記本，以自動鉛筆寫字。

$A_{n+1}=A_n-f(n)$

n＝天數

$f(n)$有個人差異，但在這次的狀況，$f(n) \geqq 0$

為了像那傢伙一樣流利說明，遙在家裡反覆看過無數次這段算式。

「這個奇怪的式子是什麼？」

秀一看向筆記本。遙靜靜告知算式的名稱。

「心的遞迴關係式。」

「心的……遞迴關係式？」

秀一果然也是第一次聽到吧，他發音的時候，在奇怪的地方停頓。

百聞不如一見，遙再度動起自動鉛筆。在「f(n)有個人差異，但在這次的狀況，f(n)≧0」下方加寫新的一行字，也就是日語加數學語的解釋。

「隔n＋1日上學時的幸福度」＝「隔n日上學時的幸福度」－f(n)

「加上日語寫出來，就是這麼回事。」

「就算妳說是這麼回事，我也看不懂。所以妳想表達什麼？既然自稱煩惱諮商所，麻煩講得簡單一點好嗎？」

「我知道啦。我現在就要說明。」

秀一的說法很像奧客。遙內心這麼想，但當然沒說出口。因為如果不好懂，就代表遙的說明有問題。

宙的解說總是很好懂。我也……

握著自動鉛筆的手，自然增加力道。

「換句話說，這是聽美現在的心境。」遙在開口的同時，整理自己的大腦，「A_n是『隔n日上學時的幸福度』。經過一天變成A_{n+1}，就會減少f(n)的份。知道f(n)嗎？」

「是函數吧。我之前學過。」

「了不起。那就長話短說吧。」

遙安心之後，在筆記本寫起算式。最具體、最整潔，像是階梯的算式。

$A_1 = A_1$

$A_2 = A_1 - f(1)$

$A_3 = A_1 - f(1) - f(2)$

……

$A_n = A_1 - f(1) - f(2) \cdots\cdots - f(n-1)$

「你看，這樣就很好懂。A_n會逐漸變小。」

遙繼續解說。步調緩慢，以像是烏龜行走的速度，確實解說。

各人的心境因人而異，所以f(n)也有個人差異。不過，以聰美現在的狀況是$f(n) \geqq 0$，所以A_n持續變小。然後，正因為A_n比「不走出家門的幸福度」來得小，所以聰美「不想上學」。

「換句話說，以算式來表示……就是這樣。」

遙在最後只補上一條簡單的算式，為漫長的說明作結。秀一以像是估價般的眼神注視筆記本。

$A_n < X$

X是「不走出家門的幸福度」。以現在的狀況，這個數值大於A_n。而且如果只是就這麼等待，絕對無法解決這個狀況。

「聽美越是請假就越不想上學。到這裡我理解了。」

至今沉默的秀一，以嚴肅表情開口。

「不過這麼一來，究竟要我怎麼做？如果相信這些算式，不就代表聽美再也不想來上學嗎？我拜託你們解決問題，並不是想聽到這種結論。」

他抱持和翔相同的疑問。遙當然預料到秀一會這麼指摘。

遙深吸一口氣。我能夠好好說明嗎？能夠進行明快的解說，讓秀一能夠接受嗎？遙吐出細長的一口氣，轉一圈手上的自動鉛筆。

感覺這次轉得比以往都順。

「思考一下A_1吧。這在數學用語叫做『首項』。」

這句話就像是輕觸水面，溫柔撼動教室的空氣。

「你認為這個首項A_1代表什麼？」

像是試探的這番話，似乎令秀一有點不耐煩。他以粗魯的手勢敲了敲筆記本。指尖位置是「隔n日上學時的幸福度」。他愛理不理地回答。

「這種東西，只要把1代入這個n就行吧？是『隔一日上學時的幸福度』。」

「你說的『隔一日』，不就是平常的狀況嗎？」

遙隨口反駁。光是這樣，擺架子的秀一就不知該如何回應。

是的。只要沒在學校過夜，上學總是「隔一日」。聽起來或許是歪理，不過只要在數學領域，即使是歪理也必須好好面對。

「就算是不來學校之前，每次上學也都是『隔一日』吧？所以A_n和『上次上學日的幸福度』相同。」

自動鉛筆的筆芯摩擦筆記本，沙沙聲清晰留在耳中。

A_n＝「上次上學日的幸福度」$-f(1)-f(2)\cdots\cdots-f(n-1)$

「可是，就算假設是這樣，狀況也……」

「不會改變？真的是這樣嗎？」

遙搶先說出秀一要說的話語。窗外傳來「鏗」的金屬球棒聲響。太陽西斜，黃色的光開始慢慢從西方天空擴散。

「上學，上課，放學之後參加社團或執行會……」棒球社社員沐浴在上色的陽光中，遙以餘光看著他們說下去，「在學校，基本上是不斷重複相同的每一天。不過，偶爾也有例外吧？」

「例外？」

秀一的目光明顯在質疑。不過，遙不為所動。她相信數學擁有的力量，專注編織話語。

「即使『隔n天』想上學，如果在那裡等待的日常生活，和之前沒什麼不同……我覺得當然會猶豫吧。不過，如果有某些和日常不同的事物在那裡等待，不覺得她就會稍微想去嗎？」

「和日常不同的事物？這種東西究竟要去哪裡找……」

秀一愛理不理地說到一半，停止動作。平常瞇細的雙眼越睜越大，接著以沙啞的聲音低語。

「鳴立祭嗎？」

「對。算式只會在這一天產生變化。就像這樣。」

$$A_1 = A_1$$

$$A_2 = A_1 - f(1)$$

$$A_3 = A_1 - f(1) - f(2)$$

……

$$A_{s-1} = A_1 - f(1) - f(2) \cdots\cdots - f(s-2)$$

$$A_s = \mathbf{B} - f(1) - f(2) \cdots\cdots - f(s-2) - f(s-1)$$

遙在形成階梯的算式最下方，寫下最後一條算式。「第s天」是鳴立祭當天。至於B

則是「參加去年鳴立祭時的幸福度」。

「說到『幸福度』可能大於X的時機，就只有這裡。」

遙寫完之後輕敲B這個字。秀一目不轉睛注視筆記本，洋溢認真的表情。

只不過……

即使A_1變成B，真的會變成$A_S>X$嗎？內心的不等號會翻轉嗎？這連遙也不知道。如果聰美在去年的鳴立祭玩得不快樂，A_S的數值也會變小。

不過，至少存在著可能性。

「你知道吧？機會只有鳴立祭那一天。你試著邀聰美參加鳴立祭吧，這麼一來……」

「不可能。」

秀一只講了這三個字。這三個字忽然傳入耳中，遙說不出話。秀一語氣平靜，卻隱藏著嘔血般的真摯情感。

眼前的古板少年……露出像是放棄某些東西的無力苦笑。

「這是不可能的。」

他再度輕聲說出悲痛的話語。

「聰美不是選擇我，而是選擇辰學長。不應該找我。」

遙完全無法回應。聰美、辰、秀一。遙只能默默傾聽秀一說起事件的真相。

「遙同學。如妳所說，聰美向辰學長表白，然後被拒絕。事情發生在辰學長剛退休那時候。」

秀一從椅子起身，走到窗邊這麼說。純粹在確認事實的冷靜語氣。遙維持著坐在椅子上的姿勢，嘴巴緊閉。無視於秀一的心境，窗外傳來「我來我來！」的吆喝聲。

「不過在這之前，有個男生原本想向聰美表白。那個人……就是我。」

秀一沐浴夕陽的臉輕輕轉向這裡，雙眼反射橙色陽光，像是在燃燒。如同要拚命為寒冷徹骨的房間加溫，是這種類型的火焰。

「聰美說她開始上補習班。我知道今後再也沒有機會一起回家，所以想要像個男子漢做個了結。」

始終是秀一風格的說法。遙在這個時候，終於察覺自己的疏失。

依照戀愛不等式，人們會比較「維持現狀的幸福度」與「表白的幸福度」採取行動。這樣下去將會見不到辰。聰美正因為這麼想，才會下定決心表白。換句話說，比起「維持現狀」，「表白」的期待值變得比較大。

不過，戀愛不等式不只適用於聰美，也適用於所有戀愛的男女。即使有其他人同樣選擇放棄「維持現狀」，也沒什麼好奇怪的。

因為是鄰居，兩人自然也經常一起回家。不過聰美開始上補習班，生活作息改變之後，這樣的機會也大幅減少。「維持現狀的幸福度」變小。

是的。戀愛不等式的不等號翻轉……從「維持現狀」踏出「表白」這一步的人，不只是聰美。

遙看漏這件簡單的事。配方解題失誤，粗心出錯。遙悄悄咬住嘴唇，同時也察覺秀一這番話的些許突兀感。

「……『原本』想要表白？」

遙問完，秀一稍微放鬆嘴角。想不到其他合適的表情，總之先露出笑臉。就是這種敷衍用的笑容。

「觀察入微，了不起。到最後，我沒表白。不對，是做不到。」

表情逐漸變得難過。

「排球社的……聰美的朋友悄悄告訴我，她準備要向辰學長表白，希望我可以退出。」

秀一的聲音融入教室。空氣的重量逐漸增加好幾倍。

「對方是文武雙全的優秀青年，備受學弟妹的信賴，是東大磯中學的英雄。相較之下，我什麼都不是。」

就像是將自己的心臟挖出來拋棄的聲音。

「這種事……除了乖乖放棄，我究竟還能怎麼做？」

早就得出答案的問題。遙覺得自己甚至沒有插嘴的權利。

秀一看向白球飛翔、全身泥巴的男生們到處跑的操場，現在辰不在那裡，即使如此，他看著操場的表情，就像是面對絕望的高牆，完全感覺不到氣力。反射夕陽的雙眼也弱如燭火。

「可是，你不是有音樂嗎？」

「妳也和聰美講了相同的話耶。」

秀一發出毫無情感的空洞笑聲。表情明明在笑，看起來卻比哭泣更令人心痛。遙握緊拳頭。

「記得是小學四年級吧……」秀一沙啞說著，手肘無力靠在窗邊，「在放學後的音樂教室，我一個人在彈鋼琴，聰美突然進來。」

秀一娓娓道來。他和聰美的兒時回憶。

遙就只是靜靜聆聽。

「我聽別人說，你大概在這裡。」

當時，秀一因為有人進來而嚇一跳，停止彈鋼琴……聰美隨即坐在最前排的椅子這麼說。

「別在意，繼續吧。我沒好好聽過你彈鋼琴。」

「聽她這麼說，就發現確實沒錯。」秀一輕輕摩擦自己細長白皙的手指，「我明明從幼稚園就開始學鋼琴，當時卻是第一次在聰美面前彈鋼琴。」

秀一身為管樂社的指揮，同時也繼續學鋼琴。小學時代，遙不曾和他同班，卻記得看過他好幾次在全校集會接受表揚。

「當時我彈的是『月光』。我現在也記得。」

秀一依照聽美所說，暫時忘記她的存在，讓十指在琴鍵上躍動。全神貫注，將所有情感投入音符。秀一將整首「月光」演奏完畢。

委身於琴音餘韻的時候，音樂教室忽然響起拍手的聲音。完全忘記聽美存在的秀一，驚訝得轉過身來。

最前排的唯一觀眾，對秀一報以最熱烈的掌聲。

「我知道這首曲子，是都普勒的『月光』吧？演奏得好棒。」

聽美拍完手，面帶微笑這麼說。

「其實是德布西。不過這種事一點都不重要了。我就是這麼開心。」秀一看向西方火紅的天空說。

「那段時期，鋼琴老師經常教訓我說『演奏得太保守』，所以我也對聽美講這件事。結果……」

「太保守？嗯，確實是這樣吧。」

聽美意外乾脆地如此回應。果然嗎？秀一內心消沉。

不過，聽美接下來這段話，強烈撼動秀一的心，確實足以改變他處世的態度。

「但我喜歡剛才的演奏，展現了你的個性。」聽美這樣說。

「這段話令我莫名印象深刻。當時的我，是只能被人牽著鼻子走的軟弱傢伙。聽美是第一個認同我的人。」

秀一搔了搔腦袋，靦腆的表情實在無法和他平常的撲克臉連結在一起。

接著……這時候的聽美忽然瞇細雙眼，輕輕吐了口氣說：「秀一有音樂。我好羨慕。」

「那天，我得以改變了。變得能夠堅守自我。」

秀一的話語半是驕傲半是害羞。原本總是被欺負的秀一，因為這個契機而變得堅強。不過就算這麼說，也不必變成這種頑固老爹吧……

遙如此心想，抱著半是傻眼的心情。

就在這個時候，她腦中閃過一道犀利的閃電，來到喉頭的嘆息嚥回肚子裡。她聽到秀一甚至像是臨時補充、在最後隨口提及的話語。這句話成為關鍵，所有疑問一口氣解開，編織出答案。

我好羨慕。

遙在心中複誦聽美說的這句話。靠在音樂教室的桌子、以惆悵表情低語的聽美，遙不知為何可以在腦海鮮明描繪出她的形象。

然後，遙想起來了。暑假剛結束，她們造訪聽美家的那一天，聽美不經意說出的那段話。

拚命努力，掙扎，吃苦……做到這種程度，也不知道能否順利。不知道能否成為心目中的自己。在這種世界努力有什麼意義，我不懂了。

聽美肯定在尋找「自我」。自己的好、自己的夢、自己該走的路……她大概一直在煩惱這種事吧。不是浮在夜空的一顆無名星星，而是想成為耀眼的月亮。

她的表白，或許也是如此煩惱之後得到的答案。

秀一擁有「音樂」這個明確的「自我」，令聽美感到羨慕……

「不過，仔細想想，就算有音樂又能怎樣？」

突然傳來自暴自棄的聲音，遙回神抬頭。站在那裡的秀一，表情滲出悔恨的神色。

「田徑社跑得比美術社快很正常吧？游泳社游得比柔道社快是理所當然吧？同樣的道理。就算會一點音樂，這種事也沒有任何意義。」

夕陽將秀一的側臉染成血色。遙覺得像是有一把刀插在胸口。

聽美即將開始上補習班之前的某一天，秀一等待排球社練習完畢，想要向聽美表白。但是聽美的朋友們告訴秀一，聽美要向辰表白。辰擁有數不盡的優點，都是秀一沒有的東西。

而且，表白遭拒的她，在夏季結束之後就不來上學……

「這是沒辦法的。因為我是這麼平凡的男生……她沒選擇我。」

沒辦法？

疑問的聲音在心中迴盪。遙輕輕抓住那聲音，放在手心打量注視。

真的沒辦法嗎？

「……別鬧了。你什麼都還沒做吧？」

教室裡唐突響起聲音，頗為堅定的聲音。

遙察覺這是她自己的聲音時，她的嘴幾乎是擅自動起來，繼續對秀一說下去。

「你只是害怕表達真正的心意而逃避。我不想聽藉口。」

「不然妳要我怎麼做？聽美不把我放在眼裡。不只如此，她不是還迴避我嗎？和妳們一起去她家的時候，她也不肯見我。」

秀一語氣粗魯，彷彿吐出累積已久的苦惱。受到內心空洞的折磨，表情充滿痛苦。

「這樣的我邀聽美參加鳴立祭……妳覺得她會高興嗎？」

「天曉得。這種事，我真的不知道。」

如同和痛苦的秀一站在兩個極端，遙始終保持冷靜，如此回應秀一。

「接下來的事，沒有任何人曉得。沒人知道正確的事，所以人們才能對未來抱持著『期待』活下去。」

「抱持著期待活下去？一派胡言。都已經這樣了，妳還要我抱有什麼期待？」

「這種事別問我，問問你自己的心吧。」

就某方面來說，這番話可以解釋為不負責任。果不其然，秀一雙眼開始混入憤怒的神色。

遙連這種情感也正面承受，露出微笑。

「如果什麼都不做，期望值就是零，只要行動，就會變得大於零喔。」

「妳又像這樣想拿數學打馬虎眼。」

「打馬虎眼？說得也是，當時的我，或許也有相同的感覺。」

「妳到底在說什麼……」

秀一說到一半，驚覺某件事而語塞。

第一學期，秀一和「數學屋」幾乎沒有交集。不過，既然都在二年B班，就不可能不知道。

突然搬到美國，當天才寫信告知的宙。為了去追這個任性的傢伙，從教室奪門而出的遙。

「有什麼關係呢？因為你重視的人，位於想見就見得到面的地方。」

「遙同學……」

秀一的聲音微微顫抖。

不想後悔。那天，遙不顧一切趕往機場，卻沒錢坐車回來，千里迢迢來接她的木下老師與母親把她罵到臭頭。

如果什麼都不做，期望值就是零，只要行動，就會變得大於零。

教會遙這個道理的不是別人，正是那個傢伙。

「……對不起。」

「不用道歉沒關係啦。」秀一態度突然變得老實，遙就只是繼續往下說：「你也做你能做的事吧。」

秀一就這麼佇立在窗邊，視線落在腳邊。天空像是塗滿顏料般染成紅色，地面各處留下清晰的影子。一年當中最美麗的天空，秋季的黃昏。以水彩畫般的光景為背景，秀一輕聲低語。

「我擁有的東西，頂多就是音樂。真的只有音樂。」

「很夠了吧？」

夕陽變成逆光，秀一的表情沉入黑影。不過秀一看起來像是在笑。

遙感覺第一次看見他發自內心的笑容。

天空的畫布抽除紅色，周圍景物色彩也逐漸變淡的此時，遙獨自走出校舍。沿著校舍外圍走向正門。途中，她遇見數人蹲在地面的現場，是為了鳴立祭製作布景或看板的學生。

他們將夾板或紙箱平放在地面，切割出形狀或是塗上顏色。每一項成品都是驅動鳴立祭的血與肉。他們肯定會靠著燈具與校舍的燈光，工作到校門關閉的前一刻吧。運動褲沾滿木屑和油漆，卻沒有任何人在意。

遙班上的炸冰淇淋店也從明天開始準備招牌與裝潢。在各間教室，應該也差不多要正式開始進行戲劇、舞蹈或各種表演的練習吧。至於鳴立祭的執行人員，則是終於要進入備品調度或拱門製作的最忙碌時期。

整個東大磯中學，都為了鳴立祭動起來了。

夾板與紙箱散落在各處，遙穿梭其中，慢慢前進。

回想起來，去年的鳴立祭也發生過各種事。遙班上是演戲，主角「王子殿下」不知為何是真希。遙製作的小道具長劍在演戲途中折彎，但真希不以為意，演完整齣戲。在翔班上買的鯛魚燒，遙記得莫名有股焦味。

還有，葵和浩介開始交往。

這都是一年前的事，也是認識宙之前的記憶。要是見到當時的自己，告訴她一年後會成為「數學屋」的代理店長，不知道她究竟會說些什麼。

時間無法回到過去。所以人們努力活在當下，以免後悔。

即將斷絕的連結，希望能夠盡量維持下去。為此，遙在那一天奔跑。

不想讓自己的心意只在自己心中完結。為此，聰美向辰表白。

在無法重來的世界，大家走在自己相信是最佳選擇的道路上。

而且……

如果有人煩惱該走哪條路，遙想停下腳步，陪他一起煩惱。如果有高牆擋在前方，遙想一起討論翻越高牆的方法。

遙身為「數學屋」，想成為這樣的人。

遙的數學功力還只是半桶水。今天的建議也是，即使不使用算式，直接說「因為鳴立祭到了，所以試著約她吧」，也和她今天說的內容沒什麼兩樣。

不過，正因為有「算式」這個明確的根據，能夠傳達某些聲音，能夠打動某人的心。遙如此深信不疑。

聽美是否能重新振作？這一點還不得而知。不過，人事已盡，再來只能聽天命。

遙背對編織夢想碎片的學生，穿越正門。

忽然間，遙的口袋裡傳出一陣震動。她取出手機一看，收到一封新郵件。遙檢視寄件人，睜大雙眼。

遙跑向通往自家的田間道路。以臉頰劃開冰冷的風，踩著即將和黑暗同化的柏油路，全力奔馳。

「咦……解開了？」

耳機另一頭，傳來宙驚訝的聲音。遙不禁關小電腦的聲音。

「只用那條算式就找到線索？」

即使音量變小，宙的驚訝程度也沒變。遙回答「嗯」，大海另一頭的他隨即輕聲呻吟。

「『遞迴關係式』明明是高中範圍，妳果然了不起。」

他依然講得這麼直接。遙率直感到開心，同時也在內心一角抱怨。

到頭來，如果你寄的郵件詳細一點，事情就可以進展得更順利了……

「我想儲存草稿，卻不小心按到寄出了。」

Skype連線成功開始通話，宙就毫不內疚地這麼說。遙全身脫力，差點從椅子摔下去。

宙想寄信說明「心之遞迴關係式」，總之至少先把三行算式存檔……原本是這麼想的，實際上卻直接寄到遙的電子郵件信箱。然後他完全沒察覺，就這麼寫完郵件後續，並且寄給遙……但他錯了，這次他只將信件內容存檔。

這就是唯恐天下不亂的「神祕郵件」真相。

宙好像是看到遙後來寄的回信，才發現自己的失態，終於在今天傍晚寄信給她。距離上一封信已經隔了整整一週，但是關於這件事，遙已經懶得指摘了。

「看來你不太會用電腦耶。明明曾經那麼詳細說明質數跟電腦保全……」

「關於電腦系統，我學得還滿多的……不過實際使用起來就是兩回事的樣子。這個Skype也是，我沒能順利註冊，重複了好幾次。」

我明明在電子郵件裡，非常詳細告訴你怎麼操作……和這個人講話，會開始懷疑自己認定的「常識」是否真的是常識。

遙單手扶正歪掉的耳麥。

「關於電腦的使用方法，我接下來會學。這也是學習數學的必備工具。」

宙嘴裡這麼說，卻好像不是很在意。

「不過，他們兩人之間發生過這種事啊。我完全沒料想到。」

驚嘆跨海傳到遙這裡。即使是宙，終究也無法從美國看透一切。真要說的話也是理所當然。遙反倒鬆了口氣，接著她開始好奇哪些範圍在宙的預料之內。

「總之，既然解決就好。」

「還不知道有沒有解決喔。」

「沒問題的。」

宙斬釘截鐵地低語。聲音隱藏著暖意，不像是隔著機器的聲音。

「說得也是。」

遙將填滿心頭的安詳感藉聲音傳達過去。宙大概是開始思考某些事，逐漸埋沒在沉默之中。兩人完全沒交談，只有時間平白流逝。彷彿身處海底的寂靜，包覆著遙的耳朵。

遙忽然注意到半開的窗簾。從縫隙露出的窗子，映著遙自己的臉。然後在高一點的位置，朦朧浮現不同於路燈或住家燈火的光芒。

遙伸手拉開窗戶。變得約一半大的月亮，在鄰家上空散發光芒。

遙試著關掉房間的燈。月光忽然增加了像是研磨過的鋒利度，緊接著，無數的星星像是環繞月亮般現身。遙不禁吐了口氣。隱約聽到宙「嗯？」的疑惑聲音。

「啊，抱歉。月亮太美麗了。現在這樣是弦月嗎？還是再胖一點？」

遙在只有電腦發光的房間輕聲笑了。她覺得要是發出太大的聲音，會毀掉這幅光景。大磯鎮的空氣原本就清新，加上入夜還營業的店也很少。比起熱鬧的大都會，肯定比較容易看見星星與月亮。即使如此，感覺好久沒有重新仔細仰望星月了。

「月亮？」

耳機傳來宙的聲音。略為不自然的氣息隔著機器傳來，遙不禁「啊」了一聲。

「抱歉抱歉。記得你那邊還是早上？」

「嗯，我也粗心忘記了，日本現在是晚上。」

「什麼嘛，原來你也忘了。」

遙輕輕鬆口氣，再度仰望夜空。月亮與星星。鄰家另一頭的山群，看起來是一整塊漆黑的物體。車站方向，商店或是什麼建築物的燈光忽地消失。今天一天也即將結束。

遙眺望著這幅光景，笑容漸漸消失。

「雖然是理所當然的事……」遙對大海另一邊的宙說。

「我看見的景色，以及你看見的景色，完全沒有共通之處吧？月亮、星星，還有山，各種東西都不一樣……」

帶著樹葉味道的風從窗外吹入，輕撫遙的頭髮。放在桌上的筆記本吹拂得不斷翻頁。

「我們位於相隔好遠的地方耶。」

心臟部位感覺到一陣刺痛，如同針扎的小小痛楚，卻化為絕對無法忽略的感覺，未曾從遙的胸口消失。

好奇怪……

之前在一起的時候，明明沒有任何感覺。暑假也一樣，即使沒聯絡也不在乎。

為什麼到了現在，會變成這種心情？

遙以手指彈開放在桌上的橡皮擦。橡皮擦在桌面滾動，隔著耳機傳來模糊的聲音，在不規則地滾動前進之後，終於掉到陰暗的地板。

我又講這種話讓宙為難了。

「……月亮，美麗嗎？」

耳邊傳來宙的聲音，就像是坐在遙身旁，詢問「現在幾點？」之類的問題。少年不帶任何用意，純粹以若無其事的語氣詢問。

「……嗯，很美喔。如果是滿月就棒透了。」

遙再度仰望夜空。弦月如同背光燈，照亮從前方穿越的薄薄雲朵。如同極光浮現的淡淡雲群，花了好一段時間從月亮前方經過。

如果和你一起欣賞，看起來會更美麗嗎？

遙好不容易阻止這種話脫口而出。

「……確實，在這一瞬間，我沒辦法和妳欣賞相同的月亮。因為波士頓和大磯的直線距離超過一萬公里。」

如同從充滿寂靜的湖底，悄然編織而成的聲音。這個聲音確實傳入遙耳中。

「不過，只有一件事我敢斷言。」

遙靜心聆聽少年的話語。她甚至停止呼吸，絕對不聽漏每字每句。

為了身在日本的一名少女，話語從遙遠的美國土地渡海而來。

「妳現在看見的月亮，和我今晚會看見的月亮，都是同一個月亮。而且，我昨晚看見過的月亮，和妳現在看見的月亮，也無疑是相同的月亮。」

漂浮在夜空的雲，被晚風吹散。

我現在看見的月亮。宙今晚會看見的月亮。

我現在看見的月亮。宙昨天看見過的月亮。

遙一直在腦海重複這段話語。這是為了說給自己聽，說給大概還無法抱持自信的遙自己聽。

「我們住在相同的世界。進一步來說，是住在獨一無二、圓形的地球上。不是住在火星或金星。寫信寄得到，也可以打電話、寄電子郵件，或是用Skype聯絡。」

「長長的繩子一直往回捲，總有一天會回到手邊？」

遙以沙啞的聲音詢問之後，宙沉默了。遙腦海浮現他露出意外表情、睜大雙眼的樣子。

「龐加萊猜想。地球是這種單純的場所，對吧？」

「嗯，一點都沒錯。」

宙以平淡卻隱含溫柔的聲音說。遙目不轉睛看著月亮，甚至忘記眨眼，定睛注視。如果不這麼做，內心的支柱似乎會斷成兩半。

「那個，宙……」

「嗯？」

「……不，沒事。」

「嗯……」

隔著麥克風與耳機進行的小小互動，好像很遠又好像很近，但果然隔著遙遠的距離……即使如此，兩人也確實連結在一起。

窗簾在風的拉扯之下，翻飛到窗外啪噠啪噠地飄揚。遙以雙手將窗簾拉進來，輕輕關上窗戶。

「……對了，我要提議一件事。」

宙停頓片刻之後說。一如往常，不帶情感的聲音。不過，從他口中說出的話語，震撼程度是至今最強烈的等級。

「機會難得，我們數學屋要不要也參加鳴立祭？」

「啊？」

遙呆呆張開嘴，完全聽不懂他在說什麼。一瞬間還以為這是在開玩笑之類的，但她立刻想到，無論在什麼時候，宙都絕對不會開玩笑。

距離鳴立祭剩下不到兩週。跳脫常識的大計畫，靜靜開跑。

問題五

試測量夢想的距離

看破紅塵身，感動亦如昔，水岸鴫立秋暮景。

平安時代末期。造訪大磯的歌人西行法師，看見以秋季夕陽為背景飛翔的鷸群大受感動，吟誦出這首知名的和歌。這塊土地受到名留後世的歌人喜愛，因此人們懷著尊敬西行的心，蓋了一間名為「鴫立庵」的草庵。「鴫立澤」這個名稱傳承至今，成為大磯鎮民的驕傲[1]。

而且，進入昭和時代之後，開始進行以「鴫立澤」為淵源的活動。

這就是鴫立祭。東大磯中學最大的慶祝活動。

「是喔。我完全沒發現，原來有這種淵源啊。」

真希深感興趣般低語，牙籤插進章魚燒，柴魚片像是海底的海帶緩緩搖晃。她「呼、呼」吹了幾口氣，不知道想到什麼，拿著牙籤的手朝向這裡問：「啊，遙也要吃嗎？」

「嗯，想吃。」

遙闔上導覽手冊。「啊」一張開嘴巴之後，章魚燒降落在舌頭。醬汁的香味在口腔擴散，不過出乎預料的熱度使得遙嘴巴不斷開闔。真希在一旁覺得有趣而笑了。

第六十四屆鴫立祭，第二天，遙與真希倚靠在圓環一角的樹木。

位於操場與校舍之間的寬敞圓環，許多攤位掛起招牌。棉花糖、吉拿棒、烤雞肉串、章魚燒……從各處交相傳來招攬客人的吆喝聲之中，穿制服的國中生、看起來是監護人的叔叔阿姨，甚至還有牽著孫子的爺爺奶奶，各式各樣的人到處自由行走。

校舍內，包括圓環擠不下的攤位、文化社團的作品展覽，甚至還準備像是鬼屋這種有點奇怪的節目。走廊人滿為患，走路很難不摩肩擦踵吧。從窗戶看得見某間教室前面大排長龍。

最引人注目的，是華麗設置在正門的氣派拱門。鴫立祭的執行人員依照遙的設計圖裁切夾板、以各種顏色的油漆上色，最後完成這項巨作。浪濤洶湧的大磯海洋、漂浮在天空歌頌自由的雲朵、為整座拱門加框的七色彩虹，以及在僅存空間交相飛翔的各種鳥兒。中央的「鴫立祭」三個字花俏又吸引目光。

從側邊看像是倒放飯碗的形狀，在遙準備的三個方案之中，是設計最簡單的一個。

「小遙，簡單就是美喔。拱門如是，甜言蜜語也如是。」先不提浩介的評語……這個形狀莫名穩重又合適，看著看著會感到安心。彷彿古今中外從一開始就規定「說到拱門就是這個形狀」，如此氣派大方的外型。

這或許也是理所當然。拱門的尺寸是「高度三點七一公尺，寬度六公尺」，也就是號稱全世界最美麗比例的黃金比例$1:\frac{1+\sqrt{5}}{2}$。

看過鴫立祭的人們，經常會說「很像高中生的文化祭」。遙她們沒什麼頭緒，不過以國中文化祭來說，水準好像很高。多虧如此，和東大磯中學相關或不相關的人都不分彼此

1「鷸」的日文漢字為「鴫」。

前來參加，真正是帶動整座城鎮的一大活動。

堪稱該活動門面的拱門是我設計的。而且，會場的人們無論是否察覺，肯定都會看見「黃金比例」一次。

遙對此開心不已。

「好啦，接下來要去哪裡？」

真希輕聲說完，嘴巴張得圓圓的，吃了一口章魚燒。她用拇指擦下沾在嘴角的醬汁，像是親吻一樣舔乾淨。明明是平凡無奇的舉動，卻不知為何透露帥氣。

這個人真的做什麼事都很上相……遙由衷佩服。

「現在這個時段，體育館的舞台在做什麼？」

「好像是演戲。」

遙再度打開導覽手冊。真希吃完章魚燒之前，遙負責拿手冊導覽。順帶一提，遙剛才吃棉花糖的時候，兩人立場對調。

執行會親手製作的導覽手冊，開頭記載鳴立祭的歷史，接著是執行會長感言，以及各班級或文化社團推出的項目。

為了製作這本手冊，聽說浩介他們通宵趕工……

遙翻開手冊，打開體育館舞台的時程表。

「果然是演戲。一年D班的原創劇本，劇名是《未來》。」

「這樣啊。戶外舞台呢？」

「三年A班的『反串扮裝舞』。」

「決定了。去看那個吧。」

真希眼神閃閃發亮，想都不想就回答，拉著愣住的遙快步跑向操場。

感覺真希比平常還要亢奮，果然是因為鳴立祭嗎？

鳴立祭每年都設置兩座舞台：體育館講台的舞台和戶外的特設舞台。特設舞台位於梯形操場正中央區域，是將教室書桌拼成長方形牢牢固定，鋪上墊子製作而成。連結操場與圓環的大階梯搖身一變成為觀眾席。舞台背後豎立巨大夾板，演出者把夾板後面當成後台待命。

只要沒下雨，這裡每年都和體育館一樣聚集許多客人。今年也不例外，昨天與今天在蔚藍的天空之下，觀眾席的熱烈氣氛連一瞬間都不曾停息。

真希與遙找到人群的空隙，觀察操場的樣子。配合流行曲風跳舞的……不是穿制服的女生，是穿著女生制服與裙子，戴假髮的男生。

笑聲夾帶著掌聲，從觀眾席交相傳到舞台。

「在跳了在跳了。不愧是三年級。」

真希像是打從心底享受，在觀眾席最後面踮腳。大階梯已經客滿，大家果然是被名稱吸引跑來看吧。總覺得校舍外面的人，幾乎都像是被磁力吸引過來……

遙覺得有點詫異，但疑問立刻解除。

舞技比想像的還高超。

約十名男扮女裝的舞者，在舞台上編織出默契十足的表演。所有人踩著整齊的舞步，接著同時犀利轉圈。裙子飄揚，爆笑與掌聲席捲全場。

絲毫沒有害羞的要素，精湛到出色的舞蹈。遙也忍不住拍手。

在這個時候，夾板後方出現一群身穿學生服的人，接連上台。隨著配樂節奏變快，這群新勢力也開始跳舞。

不用說，這群人不是男生，是身穿黑色長袖學生服的女生。

「好帥喔！」

各處傳來這樣的聲音，像是要回應這些稱讚，舞台上的舞蹈也逐漸加速。觀眾都從階梯站起來興奮不已。遙與真希和大家一起拍手打節奏。

如同大浪的熱鬧氣氛消失之後，曲調暫時平穩下來。舞者們也是男女各留下兩、三人，其他人退到舞台後面。彷彿漫步在湖畔的溫柔背景樂。

「啊，那不是秀一嗎？」

「咦，哪裡？」

遙反射性地沿著真希指的方向看去。仔細一看，秀一和遙她們一樣站在觀眾席最後面，動也不動注視著舞台。

她們靠了過去，秀一察覺兩人之後皺眉。真希以開朗的聲音打招呼。

「怎麼了？難道是來看『反串扮裝舞』？」

「是沒錯……不過這是執行會的工作。為了以防萬一，要檢查有沒有違反善良風俗。」

秀一愛理不理地回應。善良風俗？

「咦？有這種工作？」

真希疑惑的同時，整個觀眾席哄然大笑。秀一等笑聲平息再開口。

「雖然沒有明確法則，但我帶頭實行。這是也有許多一般民眾參加的活動。如果出現傷害鳴立祭榮耀與傳統的節目，不太好吧？」

「啊，嗯，說得也是。」

對於挺胸這麼說的秀一，真希刻意不吐槽。這男生還是老樣子，像是把「正經八百」四個字當成衣服穿在身上。

秀一的樣子，以好壞兩方面來看都是一如往常。看起來不像有所隱瞞，就算這麼說，若問那套頑固鎧甲底下是否沒其他心機，感覺也不是這麼回事。

所以，遙決定開門見山地問。

「今天怎麼樣？會來嗎？」

秀一表情微微一沉，靜靜移開視線。舞台上，舞者人數再度開始增加。甚至有男生不是穿制服，而是穿佛朗明哥風格的服裝翻動裙襬。那套衣服大概是自製的。

「我姑且寄了電子郵件。今天傍晚，戶外舞台有管樂社公演，希望她能來。」秀一以犀利目光看著舞台說。

「她回了一個『喔』。沒說要不要來。」

「這樣啊……也就是說，之後看聽美的決定了。」

秀一默默點頭。遙感覺到他的雙眼，在一瞬間混入不同於以往的不安神色。

如果幸福度要翻轉，只能在鳴立祭這一天。

依照「心的遞迴關係式」得出了這個結論，但這始終是可能的答案。也或許即使是鳴立祭這種特別的日子，聽美仍舊不來學校。因為身邊的人再怎麼好言相勸，到頭來還是只有自己能打開那扇門。

觀眾一起朝舞台報以如雷的掌聲。舞台中央，穿著佛朗明哥風格服裝的男學生持續展露華麗的舞技。

「不提這個，聽說……妳們在打某種鬼主意，不過拜託別亂來啊。」

大概是聽浩介或誰說的吧。秀一看向這裡的視線，如同看著嫌犯的警察。

被這傢伙盯上很麻煩。遙如此心想，不知道該做何反應，此時真希脫口詢問。

「說得也是。遙，舞台預先檢查好了嗎？這次是沒預演直接上，所以也要做好心理準備才行。」

「慢著，這是在講什麼？我們班沒獲准使用舞台啊。」

「哎呀，浩介學長也願意幫忙，所以沒問題吧。之後拜託囉。」

真希無視於秀一，輕拍遙的肩膀。遙愣了好一陣子，才終於察覺真希的意圖。

不隱瞞的意思，是吧？

舉止光明正大，真要說的話，很像真希的作風。宙提議的計畫，並不是按照正規程序進行，說不定會被老師臭罵一頓，一個不小心可能會中止。

不過，真希的眼中沒有迷惘。看來由衷相信這個行動是對的……她的眼神就是如此可靠。

既然這樣，我應該也沒有猶豫的餘地吧。要和好友選擇相同的路。

「我不知道妳們在打什麼主意，但還是很擔心。」秀一的表情越來越嚴厲，「尤其真希同學，妳是執行人員。要是妳率先破壞鳴立祭的規定，對學弟妹也過意不去……」

「秀一。」遙插嘴了，語氣如同避免被背景樂蓋過般果斷，「你可以阻止喔。」

秀一感到意外般揚起眉角。遙停頓片刻之後說下去。

「不過，記得一件事就好。不可以用『違反規定』當理由，要用自己的腦袋思考，如果判斷應該阻止，那你可以阻止。」

遙重新看向舞台。配合剛好進入高潮的音樂，舞台後方接連出現新的舞者。男生穿佛朗明哥服、啦啦隊服、芭蕾舞服……女生穿短褂或管家風格的套裝，甚至還有寬鬆長褲的嘻哈風格。

什麼東西真的是正確的？自己的人生該怎麼走？這種事，現在的自己無從判斷。

遙注視著五花八門反串扮裝舞者盡情舞動的舞台，如此心想。

但是，遙唯獨不想後悔。將來回顧的時候，會覺得「哎，當時很努力了」……她想選擇這樣的道路前進。

「……我不懂。」

在音樂、掌聲與歡呼聲的波浪中，秀一輕聲呢喃。表情一如往常堅毅，聲音聽起來卻隱約像是迷路的幼童。

遙注意到了，他也是一樣的。沒人能完全證明自己正確。正因如此，人們必須自行選擇該相信的事物。

秀一只在瞬間露出的迷惘情感，這股氣息最後被觀眾的笑聲沖走，如同融入空氣般消失。

「啊，糟糕。」真希忽然匆忙從口袋取出手機，「差不多該換班了。」

遙嚇了一跳，轉身看向設置在校舍門口上方的時鐘。確實，再過幾分鐘就是換班的時間。得回教室了。

就在遙準備背對舞台的這時候，她察覺視線一角怪怪的，停下腳步。舞台中央。身穿鮮紅色佛朗明哥服、戴著假髮搖頭晃腦、不斷華麗跳舞的那個三年級學生是……

「仔細一看，那個人是浩介學長……」

遙輕聲說完，真希驚訝轉身，秀一目瞪口呆。

充分活用修長四肢，持續展現豪邁舞姿的浩介。過於犀利的手腳動作與腰力使得三人呆呆注視了好一段時間。

「要不要來一份炸冰淇淋！」

攬客人員在教室外面大喊，三個男生停下腳步。他們好奇看向教室內，討論了幾句，然後其中一人從包包拿出錢包，走到收銀台開口。

「那麼，請給我三個香草口味。」

「謝謝惠顧！香草三份！」

真希發出充滿活力的聲音，一旁的遙確認她收下千圓鈔之後，迅速敲打計算機，「－200×3＋1000＝400」。她當然也能心算，但是慎重行事，以防萬一。遙將四枚百圓硬幣交給男學生。

「那麼，請坐在那邊的椅子等一下。」

遙掛著笑容，指向飲食區。光顧的三個男學生東張西望，圍坐在其中一張桌子。像是來到觀光區般，朝周圍投以好奇的目光。

和其他的店比起來，這間教室的內部就是如此異質。

二年B班的「炸冰淇淋店」開在家政室。校內唯一准許用火的教室。因為要使用大量的油，所以不是分配到會颳起強風的圓環，而是在這個最佳場所。

遙他們盡情改造這間家政室。

占滿走廊整面牆的招牌，是由班上的美術社員精心製作。香草、草莓與巧克力等等，以繽紛色彩寫下品項與售價的價目表也掛在入口處。而且只要踏入室內一步，迎接顧客的是在天花板下方交叉吊掛的萬國旗，以及貼滿整面牆的圖畫。

服務生是不知為何穿旗袍的女同學。在中式大鍋前面和熱油奮戰的，是戴著高高廚師帽的男同學。仔細一看，貼在牆上的圖畫是現在值班學生的肖像畫，以及當事人所畫、用來代替自我介紹的插圖。順帶一提，遙是畫球棒與手套的圖貼在牆上。

所有服裝與裝飾幾乎都是手工製作。正因為花費其他班級約兩倍的時間準備，品質首屈一指。行經走廊一定會吸引目光，等待時間也不會無聊的裝潢。多虧這份努力，家政室第一天與第二天，客人都是從早上就絡繹不絕。

只不過，為了將服裝與裝飾費用全部壓在預算範圍之內，遙單手拿著計算機奮戰不懈，這其實只有真希與秀一知道。

負責收銀的遙與真希，也穿著鮮紅如玫瑰的旗袍。提議穿旗袍的是真希。炸冰淇淋和中國相關的要素只有中式油鍋，為什麼刻意選旗袍？遙完全不知道。不過很可愛，所以沒關係。

「各位久等了！三份香草口味！」

接待的女生拿著三個紙袋過來。三個客人戰戰兢兢收下，一個人差點沒拿好，大概是燙得出乎預料吧。

他們轉頭相視，然後朝著從紙袋探頭的球體，輕輕咬了一口。外表完全是油炸食品，不過內容物是……

三人睜大雙眼，幾乎同時大喊：「好吃！」旁觀的真希稍微握拳振臂。

記得吃到試做品的時候，遙也忍不住出聲叫好。當初不情不願的秀一，嘗過一次之後也不再提出反對意見。

以玉米片取代麵粉包裹泡芙冰淇淋，油炸約二十秒。只要這樣調理就完成的「炸冰淇淋」，是脆燙麵衣與冰涼冰淇淋共存、彷彿奇蹟的食物。負責調理的所有人反覆試做，習得絕妙的油炸功夫，而且不同於章魚燒或棉花糖，是平常很少吃的東西。稀奇加上美味，不少人一天造訪好幾次。

這股氣勢，到了第二天下午也絲毫不減。二年B班的炸冰淇淋店非常成功。

「顧客的人數，是我們的滿足度。」遙整理找零的硬幣時，一旁的真希以像是要唱歌的語氣說：「現在的業績大概多少？」

「我看看……加上剛才賣掉的三個，總共三百八十一個。」

遙翻開填滿數字與「正」字的帳簿。真希滿意地點了點頭。

「三百八十一嗎……距離目標的四百五十，還差七十個左右。能達成嗎？」

「或許可以。」

據說去年各班的業績平均大概是兩百份。不過，二年B班這次花費的時間是正常的兩倍以上，目標是招攬兩倍以上的客人。兩週，也就是十四天的準備，可以招攬兩百人，由此計算，準備三十天是「(200÷14)×30=428.5714……（人）」。所以取個整數，目標設為四百五十人。

在九月的會議上，遙在黑板計算給大家看。那之後已經過了一個半月以上，原本擔心會不會以「還沒抓到魚就在想怎麼吃」收場……不過勉強算是順利抓到魚了。

遙吸一口充斥於教室的香味，輕輕嘆氣。

「喔，裝飾得真棒啊！」

入口突然傳來響亮的聲音，遙與真希抬起頭。身高差距像是父女的兩人，並肩進入教室。一看見這兩人，真希表情就驟然開朗。

「啊，浩介學長！葵也來了！」

「嗨，兩位好。我來享用名聞遐邇的炸冰淇淋了。啊，穿旗袍啊，很適合妳們兩人喔。」

浩介舉起單手，掛著笑容這麼說。遙也正要開口問候，但是剛才的佛朗明哥造型不經意掠過腦海，她忍不住笑了出來。葵搖晃馬尾歪過腦袋。

「遙，怎麼了？」

「咦……不……嗯，沒事。要點什麼口味？」

遙稍微強硬地變更話題。「啊，對喔。要吃什麼口味呢？」葵輕聲說完，不抱任何疑問，低頭看向價目表。遙真擔心她將來會不會被壞人騙。

「情侶檔半價優惠喔！」

「等一下，真希，不要隨心情更改定價啦。」

任性行徑遭到責備，真希露出牙齒一笑，像是要講祕密般壓低音量。

「哎，高抬貴手啦。畢竟葵跟浩介學長一週年了。」

「啊，對喔。葵，恭喜妳。」

「啊，嗯，謝謝……」

葵吞吞吐吐，然後移開視線，卻藏不住染成粉紅色的耳垂。浩介並不特別在意，手指伸進錢包。

兩人是在一年前的鳴立祭開始交往。遙總覺得感同身受般開心，輕快敲打計算機的按鍵。

「既然這樣，就得好好款待一下了。」

「沒錯沒錯。相對的，浩介學長說晚點會幫忙買我們的點心。」

「咦？」

浩介就這麼拿著千圓鈔票，像是驚愕般僵住。

真是的，搞不懂真希做人究竟是好還是不好……

「喲，我來捧場了。」

隨著這句擺架子的話語，有點高大的男生進入教室。長袖學生服鈕子全部解開，目光銳利的三分頭。遙「呃」的一聲，坐在椅子上吃炸冰淇淋的葵與浩介，也轉身看向門口。

「妳們這是什麼打扮啊？」

翔低頭看向坐著負責結帳的兩人，皺起眉頭。旗袍很可愛，所以遙喜歡，不過被這傢伙上下打量就莫名抗拒。遙縮起身體，一旁的真希則是落落大方。

「你是來看兩個大美女，對吧？」

「少臭美了。」

翔嘲笑般「哼」了一聲。遙一時不高興，刻意以冷漠語氣詢問。

「要點什麼？」

「嗯？啊啊，巧克力口味一份。」

翔只看了價目表一眼就立刻回答，隨手將兩枚百圓硬幣放在桌上。

「不提這個，晚上那件事……真的沒問題嗎？」

「剛好收您兩百圓。」

「喂，遙，不要打馬虎眼啦。」

翔的聲音比想像的認真。也就是說他看似冷漠，卻還是在擔心。真是個麻煩的男生。

沒問題嗎？遙不曉得這種事。不過，她露出最燦爛的笑容。

「沒事沒事，肯定會順利的。」

不是強顏歡笑，是真心露出的笑容。翔意外地睜大雙眼，以稍微比平常溫和的聲音說。

「受不了。妳們真的很有趣。」

遙與真希還沒回應，翔就轉身背對兩人，走向飲食區。他發現隔著桌子和睦面對面的情侶，毫不顧慮地打招呼。

「浩介學長，偷懶不做執行會的工作不太好喔。」

「翔學弟，你說這什麼話？我是工作速度太快，所以閒下來了。」

「您說謊跟呼吸一樣自然耶。」

「不是說謊啦。真希望你對學長再稍微尊敬一點。」

遙笑著注視兩個男生沒營養的互動，一股暖意從胸口擴散。

「遙，怎麼了？」

「沒事。總覺得啊，好快樂。」

遙無意義地翻著帳簿，輕聲這麼說。

「五月，我看到宙擺出『數學屋』旗幟的時候……沒想過會造就這麼快樂的每一天。阻止男生和女生吵架、快刀斬亂麻解決文化祭的討論……」

自己的聲音聽起來意外平靜。啪啪的油爆聲響個不停。

「不過，可以嗎？再怎麼說，是不是稍微快樂過頭了……」

「快樂又何妨呢？」真希沒想太多，脫口回答：「因為，今天是鳴立祭。」

「真籠統耶。」

「不是籠統喔。遙，我聽執行會的學長說過，當他對別校的人提到鳴立祭，對方回說『那是高中在辦的吧？這種中學不可能存在』這種話。」

真希食指指向天花板……應該說，指向這所東大磯中學。

「不過，大磯鎮確實有這項活動對吧？真想讓講出這種話的人見識一次。」

「這種中學不可能存在」嗎……認識那傢伙之前的我，也總是這麼輕易下定論。

「鳴立祭就是這麼特別喔。所以，快樂是理所當然的。遙也好幾次解決大家的煩惱……在這種日子玩開來也沒關係的。」

「這樣啊。」

遙再度環視教室一圈。葵與浩介津津有味吃著冰淇淋。大概是貼心吧，翔坐在遠一點的位置，和B班的同性朋友聊天。一名穿旗袍的服務生將炸冰淇淋端給翔，戴著廚師帽的男生持續勤快備料。

這裡是日常與非日常以神奇比率混合的空間。遙心想，這應該是屬於他們自己的黃金比例。

此時，旁邊傳來「噗噗」的手機震動聲。遙從包包摸出手機，看向液晶畫面，「啊，是電子郵件。」

突然間，真希的表情開朗了三倍左右。平常就很開朗，所以現在耀眼到難以直視。看來不必多說，她也知道這封郵件是誰寄的。遙迅速看完這封新郵件，豎起大拇指。

「他說準備周全了。」

真希開心地在臉蛋前方輕輕拍手。液晶時鐘顯示時間是下午三點出頭。距離鳴立祭第二天結束，剩下不到三個小時。

遙對音樂不熟。她好好聽過的音樂只有日本流行樂，不但看不懂樂譜，也不清楚巴哈與貝多芬的差異。

不過，今天重新投入於音樂的清流，遙自己也有一番感受。

音樂和數學很像，她心想。

戶外舞台的壓軸表演是管樂社的大合奏。遙、真希與葵三人坐在觀眾席最前排的角落，腳邊是紙箱，共三個。遙腋下抱著筆記型電腦。沒人投以可疑的目光，大家都被台上的演奏奪走注意力。

古典音樂沒歌詞很無聊，所以遙至今沒意願聽。不過像這樣聽現場演奏，根本沒時間覺得無聊。

排列在小小空間的演奏者，自在操作管樂器或打擊樂器，完成雄壯的樂曲。從橙色逐漸變成紫色的「鳴立澤秋暮」成為背景，樂曲在台上舞動。前一秒氣勢磅礡，一個不小心好像會被沖走，下一秒突然變成溫柔又神祕的曲調，彷彿森林深處傳來的潺潺流水聲。音符彷彿擁有生命。遙自然而然嘆氣。

而且，位於音樂漩渦中央揮動指揮棒的是……秀一。

解讀某處某人編寫的樂譜，給予演奏者指示。不，這不是單純的指示。他隨著演奏者巧妙駕馭持續起伏的音樂波浪，俐落又精準。

看起來像是他在音樂中跳舞。同時，看起來也像是音樂在他的周圍舞動。

零散的聲音以秀一為中心組合，編織成為單一的藝術作品。由此看來，對數字與記號賦予意義與生命的數學，和音樂有著共通之處。他神采奕奕的模樣，和拿著鉛筆在筆記本遊走，在算式洪流舞動的宙，稍微重疊在一起。

像是搭乘開往絕世美景正中央的列車……演奏在充實感之中結束。觀眾幾乎全部起立，忘我鼓掌。秀一轉向這裡鞠躬。一如往常的古板動作，看起來也很適合這種場所。銅管樂器在夜間照明之下，彷彿浮現在舞台上。

「如果數學不存在……世界會變得更乏味。妳們不認為嗎？」

如雷掌聲逐漸平息的時候，遙輕聲這麼說。真希與葵從兩側看向她。

「我啊，好像隱約明白了。數學與世界，是在更深更深的地方息息相關，超乎我們的想像。」

遙自覺講得天馬行空，但身旁的兩人絕對不會笑她，就只是默默聆聽遙的話語、遙的想法。

和「二的十二次方倍」這種特殊數字有著密切關聯的音樂、沒有「黃金比例」就無從說起的雕刻或藝術，數學無疑肩負重責大任，成為從內側支撐世界之「美」的支柱。

不，說不定，其實……

「其實，數學就是世界本身吧？」

遙輕輕朝著雲後隱約可見的「數學世界」伸出手。

「所以，數學幫得上大家的忙，不是理所當然的嗎？」

不可能得到答案。在場的所有人，或許連人在美國的宙，都無法回答這個問題。

不過……為了「以數學拯救世界」為目標，遙覺得這是無法迴避的問題。

掌聲不知何時停止，舞台上的管樂社社員逐漸退場。觀眾像是現在才終於想起怎麼說話，喧囂聲逐漸擴散。太陽完全西下，性急的幾顆星星與大大的月亮，在夜空散發光輝。

今年的鳴立祭也即將結束。所有人都起身準備離開。

就在這個時候……

「今天的節目到此全部結束。」

麥克風的聲音透過喇叭響遍全場，沒有任何人停下腳步。肯定只是按照既定程序，照本宣科的千篇一律致詞吧，眾人肯定這麼認為。

「……我原本是想這麼說的。」

然而，不是這樣。

頗為賣關子的話語，帶著雜訊填滿操場。身穿長袖學生服的高大男生，在舞台上豎起食指。

「其實，還有一個團體臨時報名參加。在廣大的世界之中，只存在於我們學校的團體。」

聽到浩介的聲音，準備走上大階梯的人們，終於重新看向舞台。喧嚣聲從興奮的餘韻，逐漸變成疑惑的漣漪。

也有人不停下腳步繼續往前走。不過，大多數的人再度當場坐下，想見證這段誇張開場白之後會有什麼「節目」。

遙只看向手機畫面一次，和預定時刻分秒不差。

「好啦，走吧。」

遙抱著筆記型電腦催促之後，真希抱著兩個小紙箱，葵抱著一個大紙箱起身，迅速跑向特設舞台。

「東大磯中學無人不知無人不曉！全世界唯一使用『數學』的煩惱諮商所！她們是『數學屋』的成員！請上台！」

隨著浩介的播報，三個人跳上舞台。喧嚣聲變大，但是當然沒掌聲。學生們還好，連「數學屋」的「數」都不知道是哪個字的一般進場民眾，明顯不知所措。就像是明明來觀賞歌劇，卻突然上演歌舞伎。

遙將筆電交給真希，從浩介手中接過麥克風。葵從紙箱取出投影機，和真希合作開始接線。浩介從舞台後面拉了好幾條電線過來。

在完成所有準備之前撐場，維持觀眾的興趣，以免他們的態度從困惑變成漠不關心。遙拍了拍有點發抖的膝蓋，深吸一口氣。

「各位好。」

遙的第一句話講得有點走音，但是混入麥克風的雜音，得以巧妙掩飾。

「我是『數學屋』的代理店長天野遙。」

這次發音很順利。沒間斷過的說話聲逐漸變小。

真希迅速操作開機的筆記型電腦。葵依照浩介的指示，將連接線插在電腦與投影機。要從哪裡說明呢？腦中瞬間出現迷惘，但遙全部甩掉。不需要任何藉口或彆腳的解說。

「雖然很突然，但我想從現在開始進行『數學屋』的表演。」遙開門見山地說。

「聽說我們被認定是非官方的臨時報名。突然厚臉皮跑出來究竟是怎麼回事？各位這麼想也是在所難免。」

颳起一陣風，猛地捲起遙的頭髮。不過，這種小事一點都不重要。湧上心頭的話語、想要傳達的想法，隨著聲音灌注在麥克風。

「不過，我們接下來要進行的，是各位今後再也看不見的表演。所以，如果各位有一點點興趣，並且願意留下來欣賞，我會很高興的。」

喧囂聲再度像是漩渦捲動般迎面而來。坐在觀眾席上的人們轉頭相視，輕聲討論，有人毫不客氣指著這裡，有人不知道大聲在喊什麼。

沒人離席。或許是「今後再也看不見的表演」挑釁奏效，遙暫且鬆了口氣。

就在這個時候，背後以夾板製成的牆壁，毫無徵兆突然變亮。

轉身一看，真希得意洋洋地豎起大拇指。下一瞬間，耀眼照亮操場的夜間照明，像是蠟燭吹熄般同時熄滅。正如計畫，翔配合投影機的啟動關閉電源。

進行得很順利。

遙得知這件事的同時，並非連接麥克風的另一個喇叭，傳出斷斷續續的聲音。

「……喂……哈囉……聽得……到嗎？」

投影機還沒定焦，影像輕輕晃動。不過，光線終於順利成像，喇叭的聲音也變清楚了。

「……哈囉？聽得到的話，麻煩回應一下。」

遙早就聽得不能再熟、頗為平淡的聲音。觀眾席也有數人發出「啊！」的叫聲。

神之內宙的聲音，現在從美國渡海傳來。不，不只是聲音。戴著黑框眼鏡，面無表情，還留著一絲稚嫩的臉孔，透過Skype傳到遙的電腦，大大投射在夾板上。

「宙，聽到了。」

「嗯，看來順利連上了。」

遙對麥克風說完，宙滿意地點頭。影像朦朧映著偏白的壁紙以及書櫃。看來宙是坐在椅子上拍視訊。他身穿黑色襯衫，連衣領的釦子都扣好。

我好像第一次看見他穿便服。

「各位，初次見面。我是數學屋前任店長神之內宙。姓氏很長，所以請叫我宙就好。」

畫面中的少年，以鉛筆筆尾輕推眼鏡。觀眾席傳來笑聲，拿著麥克風的遙也綻放笑容。

無論在任何場面，他都不會亂了步調。

「遙同學肯定說明過了，今天我想為各位進行『數學屋』的表演。」

宙將食指豎在面前，接著緩緩抬到頭頂。觀眾一陣譁然。宙以直指天際的姿勢靜止。

「接下來，我們要在各位面前，測量地球和月亮的距離。而且不使用誇張的觀測機器。」

宙面不改色如此宣布。剎那間，觀眾的聲音全部消失，下一瞬間，爆發決堤般的聲音洪水。

咦？月亮是那個月亮？

不用機械，他當真？

他說測量，是用數學測量？真的？

混合在一起的聲音、聲音、聲音……勉強聽得出來的隻字片語，也充滿不信的色彩。

即使是遙，剛開始聽宙這麼說的時候也嚇一大跳。在電話裡突然聽他說「來測量地球和月亮的距離」時……她想像的是「抓住屏風裡的老虎」這種荒唐無稽的任務。

不過，映在畫面上的少年是誰？

是真心想要「以數學拯救世界」，數學屋的創業者：神之內宙。宙的字典沒有「不可能」三個字。既然他說做得到，就不可能做不到。

如果是宙就做得到。正是如此相信，所以宙提出「總之請幫忙占領舞台」這個亂七八糟的要求，遙也二話不說就答應。

「我說過『不用機器』，所以這台電腦當然也不會用來計算或測量，這始終是拿來使用Skype的工具。」

宙以沒有情緒起伏的聲音說。畫面另一頭模糊傳來窸窸窣窣的聲音。

「首先，想請各位看一個東西。現在要切換畫面喔。」

正如先前的討論，影像似乎已經做好切換準備。明明沒預演過卻不慌不忙。冷靜到令人說不出話來。

美國那裡看不見大磯的影像。能夠獲得的情報，只有透過麥克風傳來的會場喧囂聲。即使如此，宙給人的穩定感，也像是他本人就站在現場。

接下來，只要大家願意聽宙的說明……

遙抱持祈禱般的心情看向觀眾席。從下方依序眺望大階梯，視線掃到最上階。然後，她發現了。數名大人開始聚集在觀眾後方。

「喂，你們幾個！我們沒批准這種節目啊！」

唐突的沙啞聲音，越過觀眾的頭頂傳來。蹲著檢查配線的葵，像是遭遇狼的兔子，身體抖了一下。

「慘了……比想像的還快。怎麼辦？」

真希為難般按著額頭。浩介在舞台角落投以擔心的視線。遙握著麥克風的手也自然用力。

老師接連聚集過來，醞釀出像是機動部隊攻堅前的氣氛。他們隨時都準備走下大階梯。因為沒經過校方許可，早就預期會被妨礙。不過，即使老師再怎麼反對，只要宙開始說明，觀眾肯定會站在他們這一邊。遙原本是這麼想的。不過，看來太天真了。校方應對的速度比預期還快。

宙還在準備切換影像。

不能在現在被迫中止。得想辦法由這裡爭取時間。可是，要怎麼做？光是老師接近過來拔掉插頭就完了……

真希不知為何開始轉動肩膀。浩介也是笑嘻嘻的，手指關節壓得劈啪作響。看起來就是準備應戰。該不會要上演少年漫畫的公式劇情吧？在現實做出這種事，只會成為一場混戰。

「等一下……」

就在遙出聲要阻止兩人的時候，在觀眾席各處，漆黑的身影接連起身。

這些身影一個翻身，鑽過觀眾之間往上走。五人、六人、七人……人數越來越多，轉眼就抵達觀眾席的最上層。

「那是棒球社的社員們？」

遙認出並排的三分頭，輕聲這麼說。幾乎在同一時間，他們居然排成一列相互搭肩擋在老師的面前，就像是一道牆。

準備突擊的老師身影，從舞台這邊完全看不見了。遙愣了好一陣子，甚至動都不能動。

「是翔的指示嗎？還是……阿辰？」

浩介裝模作樣吹了一聲口哨。人牆另一頭傳來叫嚷聲，但棒球社社員不動如山。

預料之外的援軍。雖然是非常難以置信的光景，不過遙終於想起來了。

沒錯。我不是孤軍奮戰。

「請聽我說。」

遙將麥克風拿到嘴邊說。喇叭隨即發出「嘰」的刺耳回音，襲擊在場的數百人。被老師與棒球社社員的對峙吸走注意力的觀眾，受到這個不舒服聲音的折磨，再度看向台上。

遙等到回音消失之後，繼續主持。

「接下來要計算地球與月亮距離的神之內宙同學，在我們班共度今年的第一學期。他非常擅長數學，卻沒什麼常識，又少根筋……是二年B班有點奇怪的伙伴。」

遙像是將話語一句句放在地面般說。逐漸深沉的夜色，襯托著高掛夜空的月亮。

「不過，在今年七月……他因為父親工作需求，搬到美國。」

有人倒抽一口氣，喧囂聲像是退潮般逐漸變小。

「原本，宙同學一定會參加鳴立祭，一定會在我們班一起賣炸冰淇淋。會共度更多時光，一同歡笑，而且一起解數學題。」

遙的講話方式逐漸像是把聲音擠出來，是一種錐心刺骨的感覺。胸口好痛，呼吸好難受，但是遙現在不能停止說下去。

「可是，再也做不到了。他現在正在美國陌生的土地努力。」

打斷遙話語的事物已經不存在。不知何時，所有人都默不作聲。

「這樣的他……即將讓各位見識到數學的樂趣，數學的可能性。所以請各位……請各位聽到最後。」

說完之後，遙迅速彎腰鞠躬。她不顧一切，猛然低下的頭幾乎要碰到膝蓋。所有聲音消失，寂靜彷彿滲透耳朵。

在完全的寂靜中，不知道到底經過多久。好幾分鐘？好幾十秒？還是短短幾秒？遙不知道。

如同打破沉默外殼般傳來的聲音，確實傳入遙耳中。

「好喔！上吧上吧！」

一名連名字都不知道的男生如此大喊。接下來，是轉眼之間發生的事。

「地球和月亮的距離，挺有趣的嘛！」

「試試看吧！」

「要是失敗，我可不會接受喔！」

就像是添加許多木柴的火一鼓作氣燒旺。叫聲連鎖響起，眨眼之間變得響亮。遙輕輕抬起頭，感覺眼角一陣溫熱。

「久等了。準備完成了。」

就在這個時候，畫面影像切換，喇叭發出宙的聲音。就像是早就計算好的時間點。遙噘起嘴。

「真是的。宙，你好慢。」

「那麼，我想應該播放在螢幕上了。這是月亮和水平線重疊的影像。」

梯形操場——昔日宙在這個場所，為男生與女生的爭執進行仲裁，如今他的聲音再度洪亮響遍此處。那時候的十倍，甚至是十倍以上的人數，在大階梯上看向螢幕。擔任人牆的棒球社社員，都朝著這裡露出笑容。遙有點好奇另一頭的老師現在是什麼表情。

正如宙所說，螢幕映出即將沉入大海中央的月亮。海面滲透光芒，彷彿即將融化的冰淇淋。

「這段影像，是在洛杉磯拍攝的。」

觀眾「喔喔」地驚呼，但他們恐怕沒有正確理解這句話。宙隨口就說出恐怖的事。宙搬去的城市是波士頓沒錯。遙後來看過地圖好多次，所以很清楚。波士頓在東岸，洛杉磯則是在西岸，來回兩地必須橫越整個美利堅合眾國。不知道究竟是幾千公里。

「我跟著爸爸出差，搭飛機跑遍美國各地。」

首度提出這個計畫的時候，宙像是在說明散步路線般一樣。這傢伙總是這樣。即使位於一般人常識的外側也毫無自覺。或許正因如此，他才能持續磨練數學能力至今吧。

「洛杉磯位於『北緯34度，西經118度』。從這個位置來看，月亮現在在西北方。正確來說……」

宙的聲音中斷，同時傳來取出某種物品的沙沙聲。

「以指南針確認的話，是『西北西295度』。」

語氣緩慢易懂。即使如此，觀眾席看起來依然有許多人歪過腦袋。兩百九十五度？以遙為首的許多人頭上冒出問號。宙大概在大海的另一頭察覺了吧。他進行更詳細的說明。

「就是將正北方設為『零度』，順時針轉動兩百九十五度的方向。也可以說是逆時針轉動六十五度。也對，用時鐘譬喻比較好懂。如果將十二點指向北方，兩百九十五度就是將近十點鐘的方向。」

將近十點鐘。聽到這句話之後，就像是齒輪喀嘰咬合般迅速理解了。「西北西295度」這種像是暗號的數值，用時鐘來譬喻就易於想像。觀眾席也散發出冰塊融化的氣氛。

畫面再度切換，映出宙的身影。他朝著鏡頭打開筆記本，上面只寫了短短兩行字。明明數字像是印刷般工整，漢字與片假名卻莫名圓滾滾的……是宙獨特的字體。

月亮……從洛杉磯來看是西北西295度
　　　從大磯鎮來看是　　度

「好啦，接下來輪到你們了。」

他以鉛筆扶正眼鏡。

來了。終於來了。遙向真希與葵使眼神，兩人隨即一臉緊張地點頭。

宙流利地說下去。

「現在，在大磯鎮看見的月亮是在哪個角度，大家可以幫忙測量嗎？遙同學她們應該會發指南針給各位。」

觀眾席上，許多人轉頭相視。看見這種反應，遙總覺得好開心。這是這場表演的關鍵，即使是「數學」這種不適合在舞台表演的內容，也不會讓觀眾看膩的巧思。

數學屋準備的，是讓觀眾一同參與的節目。

「真希、葵，拜託了。」

遙示意之後，兩人各抱著一個小紙箱走下舞台。箱子裡裝滿從理科教室借來的教學用指南針。紅色指針永遠指向北方，手心大的器具，數量是兩班的份，八十個。終究不夠發給所有人，不過和旁邊的人共用就沒問題吧。

唯一擔心的是，兩人發指南針的時候，觀眾會不會覺得無聊……

「我們來幫忙。」

忽然間，有人對剛走下舞台的真希與葵這麼說。不是一個人。不是從觀眾席，居然是從舞台後方出現十名以上的女生。她們無視於驚訝的真希與葵，從箱子裡抓起指南針。

管樂社的女生社員？

終於察覺這一點的時候，其中一名女生揮手讓舞台上的遙看見。

「啊，是秀一學長拜託我們的。他說妳需要人手的話就來幫忙。」

「秀一？」

遙的疑問還沒完全解開，她們就分散到觀眾席。從兩側走上階梯，俐落地將指南針發給觀眾。毋需真希與葵動手，所有指南針就發完了。

「那個老古板嗎……」真希向管樂社的女生道謝之後，回到舞台輕聲說：「究竟是吃錯什麼藥啊？」

總覺得真希的臉頰愉快地放鬆，遙也跟著露出微笑。

搞不好可能會出手妨礙的秀一，究竟為什麼願意協助？坦白說，遙甚至無法想像他的心態為何會有一百八十度的轉變。

不過，這種瑣碎的小事不重要。無論是基於什麼原因，連那個秀一都表達理解之意。現在只要這樣就夠了。

「喔喔，真棒。究竟是什麼時候……」

此時，浩介突然感慨地嘆氣。遙、真希與葵三人，也沿著他的視線看向校舍。在階梯的前方，像是俯瞰操場般矗立的校舍……學生從各扇窗戶探頭。

「是擠不進觀眾席的學生。說不定全校學生都在看？」

浩介將手掌水平舉在額頭上。遙感覺心情亢奮，全身起雞皮疙瘩。

數百人的目光集中在我們身上。包括應該知道「數學屋」的二年級，還有其他學年，甚至是一般民眾。

期待、好奇心，或是其他不同的想法，由這邊全身承受。

畫面上的宙豎起食指。

「那麼，月亮現在在哪個方位？」

宙出題之後，全體觀眾慢慢動了起來。說話聲逐漸擴散，接著眾人一起比對手上的指針與夜空。為了尋求唯一的正確解答，尋找方位。

遙她們也各自從口袋取出指南針。塗成紅色與白色區分的指針滴溜溜地轉動……最後在稍微震動的同時靜止。

彷彿要射穿美麗標靶的箭。白色指針精準指向高掛夜空的月亮。

「確認S極指向月亮了嗎？月亮現在位於大磯鎮的正南方。」

就像是在現場目擊，宙懷抱自信如此宣布。觀眾席的人們，還有校舍的學生們……全都喧嚷起來。

即使是知道發生什麼事的遙，也克制不了熱意湧上心頭。

宙預先詳細調查過這天的月亮軌道，而且，他掌握月亮幾點幾分會經過正南方（好像叫作「過中天時刻」），決定在「管樂社演奏之後」進行計畫。

如果過中天時刻是在看不見月亮的白天，計畫到頭來就無法成立。遙不得不覺得連老天爺都站在宙這邊。

月亮……從洛杉磯來看是西北西295度
從大磯鎮來看是正南方180度

寫下新數值的筆記本映在螢幕上。零星看得見觀眾席有人疑心重重地搖動指南針，或是改變手拿的角度。月亮和地球的相對位置，當然不會因為這樣改變。月亮現在確實位於大磯鎮的正南方。

「那麼，知道月亮的方位之後，終於輪到這東西上場了。」

喇叭傳出有點得意的聲音，眾人自然將視線從指南針移回螢幕。畫面突然上下晃動，接著視野旋轉一圈。背對牆壁的宙從畫面消失，相對的，房間的整體樣貌曝光。

是一間比想像還要寬敞許多的房間。鋪著地毯，書櫃旁邊是比人還高的盆栽。從天花板垂下的數個物體，是燈泡型的照明。如果這是宙的個人房間，裡頭的每個東西都太大了。

而且，在畫面上格外展現魄力的……是設置在房間中央的藍色球體。

宙從畫面外走向這個球體。

「好大！」

某處的某人說。像是被這句話帶動，各處傳來驚呼聲。一旁的真希倒抽一口氣。

這是一座巨大的地球儀。位於房間中央設置在台座上，擁有藍色海洋、翠綠與黃土色陸地的地球模型。

包含台座的高度，超過宙的身高。

「這是直徑一百二十七公分，一千萬分之一比例的地球儀。」

宙輕拍散發光澤的光滑表面。

「我父親認識的地球科學博士，有人擁有這個東西。這段視訊也是在他家拍的。願意將整個房間借給我這種平凡的國中生，是一位心胸非常寬闊的人。」

心胸寬闊，住家也會自然變得寬敞嗎？遙這輩子從來沒看過這種大小的地球儀。不愧是美國，格局好大。

等待說話聲稍微平息之後，宙從口袋取出家政課會用的縫紉線，以及剪線用的剪刀。

「首先將這條線，從日本大磯鎮所在的位置往正南方拉。月亮就在這個方位的某處。」

宙將線拉到張開雙臂那麼長，然後剪斷。他接著在地球儀表面撕下某片東西，將線貼上去，使其從日本往正南方延伸。看來他預先在地球儀貼上膠帶。準備這麼周到，很像是他的作風。

遙想像那條線的根部，是小狗輪廓的神奈川縣，是位於小狗肚子區域的大磯鎮，是建立在鎮上一角的東大磯中學，自己正站在這所中學的梯形操場。此外，也想到正在洛杉磯轉動地球儀的宙。

在地球儀上，遙與宙都是小人尺寸。小人的宙眺望的迷你地球儀上，小小人的宙果然也正在地球儀前面計算。小小人的宙轉動的地球儀上有個更小的小小小人，小小小人轉動小小小小人居住的地球儀……

遙搖了搖頭，回到原本的地球。她有點質疑自己是不是尺寸最大的天野遙。

「接下來，從我所在的洛杉磯，朝『西北西295度』的方向拉線。而且是沿著表面，走最短的路徑。」

就像是無從得知遙的想像，宙繼續說明，再度拉線剪斷。接下來取出量角器，抵在地球儀表面，一邊慎重調整線的角度一邊拉緊，再度以膠帶固定。

第二條線像是一度北上再南下，以這樣的路徑延伸到西方，在日本與印尼中間的位置，和剛才從大磯往南拉的線交會。宙微微放鬆嘴角。

「嗯，就是這裡。這個位置正是從大磯鎮往正南方，以及從洛杉磯往『西北西295度』抵達的位置。從經緯度來看是……『北緯21度，東經139度』。」

宙以手指咚咚輕敲兩條線交叉的地點。

「這個點就是月球正下方。月亮現在高掛在『北緯21度，東經139度』的正上方。」

「喔喔！」的短短歡呼聲響起。真希、葵與浩介都深感佩服。

但是，只有遙不同。

「咦？」

從宙的話語氣息察覺到的些許突兀感，遙不禁拿著麥克風發出疑問的聲音。許多人的視線從螢幕移向遙。

遙稍微猶豫，最後還是朝畫面上的宙發問。

「宙，明明是朝著『西北西』前進，但是北緯是不是變得比洛杉磯還小了？」

頓時，觀眾席層層傳來疑惑的聲音。這是當然的。因為數學屋的代理店長，在質疑前店長的計算結果。如果宙語塞無法回答該怎麼辦？大家肯定是這麼想的吧。

反觀遙絲毫不擔心。因為她早就知道，宙絕對不會因為這種程度就慌張。

「妳發現一個好問題了。確實，洛杉磯的北緯是三十四度。」

宙以鉛筆筆尾扶正眼鏡。聲音聽起來老神在在，像是早就預想到所有可能的問題。

「刊登在地圖本的世界地圖，如果是朝北方出發，只要途中沒繞住筆直前進，北緯就會持續變大。不過，你們平常看的世界地圖……是使用『麥卡托投影法』，硬是將圓形地球壓成平面的地圖。很多地方當然會出問題。」

這次，宙的鉛筆筆尾改為輕敲地球儀。

「所以，在『麥卡托投影法』的地圖上畫直線，也不一定是球面上的最短距離。比方說，從日本前往大西洋的最短路徑，並不是橫越太平洋與北美大陸的路徑喔。從北極海附近穿越才是最短路徑。」

宙稍微踮腳，以鉛筆筆尾撫過地球儀表面。從日本往北方出發，行經北極附近，抵達大西洋的路徑。比起一味往東前進，這條路徑看起來確實又短又快。

「地球是圓的。是沿著球面前進……所以即使往『西北西』方向出發到最後，抵達比原本還要偏南方的位置，也完全不奇怪喔。」

沒有任何人追問下去。凝固在遙腦中一角的疑問，也無聲無息逐漸融化。

再怎麼壞心眼的問題也不以為意，繼續往前衝。宙腦中建構出來的完美計算式，沒有任何人能夠推翻。

宙依然是宙。遙對此感到非常高興。

「測量從洛杉磯拉出來的這條線……」

宙這次拿出捲尺，按在地球儀表面。雙手伸得筆直，努力按著捲尺兩側的模樣，看起來像是小孩子，令人會心一笑。

「九十八．六公分。這座地球儀的比例是一千萬分之一……所以實際距離是九千八百六十公里。洛杉磯和『月亮正下方』的距離是九千八百六十公里。」

宙的雙眼看起來射出一道光芒。開始了。遙直覺理解到這一點，身體顫抖。

遙知道。現在映在螢幕上的表情……是湊齊所有數值，終於要朝著答案衝刺時，神采奕奕的表情。

「我所在的洛杉磯設為L點，月亮正下方設為U點，地球的中心就設為C點。Los Angeles的L，Under的U，Center的C。」

宙離開地球儀，走向鏡頭方向。發出喀咚喀咚的聲音旋轉電腦，再度回到以牆壁為背景的角度。影像停止晃動之後，宙行雲流水地在筆記本寫上算式。

$$\overset{\frown}{LU}=9860\ (km)$$

$$\angle LCU=\frac{9860}{40000}\times 360^\circ$$

只要使用英文單字的第一個字母，即使是無機質的記號也變得好懂。L是洛杉磯、U是月亮正下方、C是地球的中心……

「不過，第二條式子是什麼？」

遙代為說出觀眾內心應該都有的疑問。這個問題，宙果然也預料到了吧。他再度扶正眼鏡。

「繞地球一圈是四萬公里，各位知道嗎？」

四萬公里。記得之前在地理課上過……的樣子。真希點了點頭，葵卻說：「有嗎？」

「從L點前往U點，必須移動四萬公里之中的九千八百六十公里。換句話說，就是繞地球『$\frac{9860}{40000}$』圈。」

宙在空中轉動鉛筆畫圓，然後補充說：「大概是四分之一圈。」

地球的四分之一圈嗎……隔著一片太平洋，遙遠無比的距離，突然變成具體的數字，擺在觀眾面前。

宙繼續說明，同時動著鉛筆書寫。

「乘以一整圈的三百六十度，我們就可以知道，想從L移動到U，必須在地球上轉幾度。依照計算是八八・七四度，大約八十九度。」

$$\angle LCU = \frac{9860}{40000} \times 360^\circ \fallingdotseq 89^\circ$$

宙逐漸加快解說的速度。為了避免被拋下，遙大腦全力運轉。她在腦中想像一顆地球，從洛杉磯搭飛機出發，高速飛向夜空高掛月亮的正下方。

飛機的移動距離是九千八百六十公里。從地球的中心C來看，等於在地球外圍繞了八十九度……應該是這樣吧。

已經沒人講閒話了。大家專心聆聽宙的說明。要是沒這麼做似乎會立刻迷失，不知道自己身在何處。

「然後，將月亮的中心設為M點思考吧。C、U、M三個點位於同一直線，各位聽得懂嗎？」

應該是Moon的M吧。遙再度在腦中描繪地球。像這樣一天內想像地球這麼多次，應該是她人生的初次經驗。

地球的中心C點、浮在太平洋的U點。正上方是月亮，也就是M點。三點一絲不差地排成一條直線。

想像定型之後，遙抬頭一看，宙在筆記本寫了下一條算式，拿到鏡頭前面展示。

$$\angle LCU = \angle LCM = 89°$$

這種程度的算式，遙也看得懂。C、U、M位於同一直線，∠LCU和∠LCM的角度相同。

為求謹慎，遙瞥向葵。葵面有難色，不過幸好還沒過熱的樣子。

宙停頓片刻之後，繼續說明。

「在這個時候，請各位回想剛才的影像。在標高幾乎是零的地點拍攝，月亮和地平線重疊。也就是說，拍攝地點連到月亮的直線，成為地球的切線。」

「切線？」

「和圓形或球體只有單一交點的直線。」

宙補充說明的速度比機智搶答還快。只有單一交點。遙確實聽過這個關鍵詞。

是的，這也在之前的課程學過。遙在暑假也自己用功過。圓與直線如果像是糰子一樣串在一起，就會有兩個交點。不過，就像是從側面觀看放在地面的球，圓與直線只有一點相交的狀況也確實存在。這就是「切線」。圓和直線相交的點叫做「切點」。

記得切線的性質是……

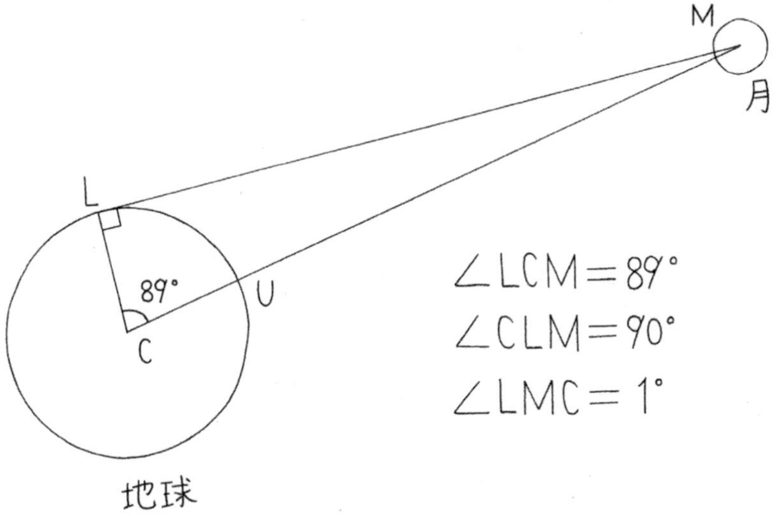

$\angle CLM=90°$

筆記本上追加像是印刷字的工整字串。看到這行字串，課本的文章以及老師的說明終於移駕，從遙的記憶底層起身。

從圓心延伸到切點的直線和切線垂直。圓的半徑直線和切線剛好成直角。

這種基本定義，居然聽到宙說明才想起來。看來還得多加用功才行。

遙稍微垂頭喪氣時，宙開始在筆記本畫圖。偏大的圓形與小小的圓形。再來是如同連結這兩個圓形所畫的細長三角形。明明沒使用尺規之類的工具，圓與直線卻完全不扭曲，簡直是以機械繪製而成。

「試著想像一個巨大的三角形ＬＣＭ。從宇宙眺望地球。」

宙在筆記本的圖標上英文字母。小圓形寫上Ｍ，大圓形的正中央寫上Ｃ，然後在圓形外側寫上Ｌ與Ｕ。

看了一陣子，遙終於懂了。

「也就是說，這個小圓形是月亮，大圓形是地球？」

「沒錯。我以圖形顯示從宇宙眺望的模樣。洛杉磯、地球的中心，還有月亮。這三個點形成巨大的直角三角形ＬＣＭ。」

宙以鉛筆輕輕掃過筆記本所畫的細長三角形，然後迅速在圖的下方加上三條算式。鉛筆筆芯看起來像是舞者在筆記本上舞動，各處傳來感嘆的聲音。

∠LCM＝89°

∠CLM＝90°

∠LMC＝1°

前兩條算式是剛才求得的數值。那麼，最後一條是……

遙稍微思考之後，透過麥克風發言。

「∠LMC是一百八十度減掉八十九度與九十度的值吧？」

「一點都沒錯。」

宙滿意地揮動鉛筆，葵說聲「原來如此」接受了。

三角形的三個角度合計為一百八十度。使用的定理很單純，不過俐落組合到這種程度，感覺像是在看魔術秀。

「那麼，這時候終於輪到『三角函數』登場了。」

就像是要表演珍藏的絕活。愉快的聲音撼動操場的空氣。

三角函數。

遙知道這個專有名詞。不過，其他人大多感到疑問導致臉色一沉。遙以餘光觀察浩介，他果然也只是歪頭納悶。

設計拱門的時候，遙利用了三角函數……雖然這麼說，但那是初步的初步。正統的三角函數是高中範圍的數學。

沒問題嗎……宙會不會得意忘形，用了太艱深的數學呢……

「也稱為sine、cosine，是從三角形的角度算出長度的手段。」

遙才在擔心，神祕的名詞就從宙的口中說出。sine、cosine？這是哪國的語言？

聽起來像是未知咒語的發音，使得遙愣住了。觀眾感到困惑，開始竊竊私語。

「我們現在要使用的只在基本範圍，所以不用這麼提防。」大概是這邊的氣氛透過麥克風傳達過去，宙掛著笑容像是勸誡般說：「試著想像一個斜邊長度為1的直角三角形吧。」

進行說明的同時，宙在筆記本的空白處迅速畫個三角形，映在畫面上。斜邊附近寫上1。最大角標上直角的三角形。

「直角三角形有兩個角不是直角，各位應該知道吧？其中一個角的大小設為α……這個角對面的邊長寫成sinα，然後，另外一邊的長度寫成cosα。」

sine alpha、cosine alpha，宙慢慢發音，在圖上增加新記號。不是直角的兩個角之中，左邊的那個角寫上α，斜邊以外的兩邊，分別在一旁寫下sinα、cosα。

什麼意思？

看不太懂。

觀眾席的方向，疑問的聲音成群化為大浪進逼過來。宙輕輕張開雙手，像是要承受這群聲音。

「換句話說，假設這裡有個斜邊長度為1，其中一個角是六十度的三角形。在這個狀況下，『六十度角』對面的邊長為sin60°，另外一邊的長度是cos60°。」

宙一邊動口，一邊幾乎同時動手。又完成了一張三角形的圖。這次是三個角分別為九十度、六十度、三十度的直角三角形。遙之前設計拱門時利用的三角板，和這個三角形的形狀相同。三邊分別註記1、sin60°、cos60°的長度。

「然後，輪到三角函數一覽表登場了。有這個就一目瞭然。」

宙說著拿出來的，是一張A4大的影印紙，密密麻麻的數字井然有序，縱橫排滿整張紙的一張表。會場各處傳來哀哀叫。看來有人顯示出抗拒反應。

「不可以被表面嚇到喔。看我們想看的地方就好。」

就像是在教人如何預約錄影般輕鬆，宙以鉛筆在表上的兩個位置畫圈。就這麼將印在該處的數字抄到筆記本。

sin60°=0.8660……

cos60°=0.5

「咦?記號變成數字了。」

遙仰望螢幕，睜大雙眼。她的聲音終究傳達不到吧。宙沉默片刻之後，手心輕拍這張表。

「這張一覽表，從〇度到九十度，列出每一度的三角函數值。高中課本一定會附上這張表。只要有這張表，就可以求出所有直角三角形的邊長。」

宙像是在處理砧板上的魚，在筆記本上揮動鉛筆，又加上一條算式。

$1:\sin60^{\circ}:\cos60^{\circ}\fallingdotseq1:0.8660:0.5$

「那麼，三角函數是將三角形三邊長度表示為 $1:\sin\alpha:\cos\alpha$ 嗎？」

「就是這麼回事。」

遙問完，宙愉快的笑了。今天最燦爛的笑容。說明的內容順利傳達給對方時，宙所露出的純真表情。

會場的人們，大多以認真表情看著螢幕映出的筆記本。其中肯定也有人沒能完全理解吧。不過，至少也沒有任何人表達不滿。宙的話語就是如此簡單，擁有令人接受的力量。

三角函數……

遙朝向南方夜空，看著高高掛在天上、負責照亮黑夜的月亮心想。

只要按照宙的說法來思考，就覺得其實不是很難。而且有那張一覽表，所以任何直角三角形的邊長都算得出來。這樣不是相當便利嗎？

任何角度都能換算成長度的技術，三角函數是使用在測量上的智慧。雖說是高中範圍的知識，不過只要循序漸進地思考，就不必畏懼。

「那麼，終於要回頭思考直角三角形ＬＣＭ了。$\angle LMC=1^\circ$，所以三邊的長度比是這樣。」

$$\overline{CM}:\overline{ML}:\overline{LC}=1:\cos1^\circ:\sin1^\circ$$

算式列逐漸增加。看他的眼睛就知道，終點將近。以遙為首的所有觀眾，為了不在最後衝刺的時候被甩掉，緊抓著疾馳在算式軌道的雲霄飛車。眾人緊張屏息注視螢幕。

「ＬＣ邊，是洛杉磯到地球中心C的距離對吧？換句話說，就是地球的半徑。地球的平均半徑約是六千三百七十一公里。」

$$\overline{LC}=6371\ (\text{km})$$

$$\overline{CM}:\overline{LC}=1:\sin1^\circ$$

「再來只要計算就好。對照三角函數值表，$\sin1^\circ=0.01745$，所以……」

如同潺潺流水，宙行雲流水地寫下算式。在筆記本的格線中，大寫與小寫的英文字母、數字、記號，簡直像是擁有自我意識，規矩排列。

逐漸編織而成的算式，會場中的所有人都看到入迷，說不出話。

$\overline{CM}:\overline{LC}=1:\sin1^\circ$

$\overline{CM}:6371=1:\sin1^\circ$

$\overline{CM}\times\sin1^\circ=6371$

$\overline{CM}=6371\div0.01745$

$\overline{CM}\fallingdotseq365100\ (km)$

「答案是大約三十六萬五千一百公里。」

在完全日落的夜空下，在染成深藍色的操場中，這個聲音宛如一滴雨珠忽地落下。肯定也傳達到透出無數溫暖燈光的校舍。

即使如此，剛開始也沒有任何人能理解這顆雨珠的意義。

舞台上的遙、真希、葵、浩介，在舞台旁邊待命的管樂社社員，擠滿大階梯的觀眾，在階梯上方列隊的棒球社社員，還有從校舍窗戶探頭的學生們。

三十六萬五千一百公里。

雖然不是絕對，但實在難以掌握的這個數值究竟是什麼？眾人好一陣子無法理解。

「咦？算出答案了？」

差點失手摔落麥克風的遙，以顫抖的聲音詢問。經由喇叭擴大的這句話，聽起來像是別人的聲音。

畫面上，宙驕傲地點了點頭。

這一瞬間。

像是大量鞭炮爆炸的聲音響起，遙不禁摀住耳朵。麥克風發出「嘰」的響亮回音，但連這個聲音都被沖到聲浪的另一頭。肌膚感覺得到空氣強烈顫動。

這是數百雙手打響的掌聲，以及數百份情感爆發伴隨的歡呼聲。

$$\overline{CM} \fallingdotseq 365100\ (km)$$

宙打開筆記本朝向鏡頭，畫一個大大的圓，圈起這條算式。C是地球的中心，M是月亮的中心。換句話說，CM正是地球和月亮的距離。

拿著麥克風沒辦法好好拍手，有種焦急的感覺。所以遙沒拍手，而是這麼說。

「宙，你真了不起。」

但因為沒透過麥克風，話語消失在掌聲與歡聲的漩渦中。

宙就這麼暫時打開筆記本站著不動。素昧平生的數百名觀眾，讚揚他將月亮和大磯鎮連結起來的偉業。不過，當會場的喧囂退去，宙忽然很乾脆地放掉這項偉業。

「不過，其實真正的距離是三十八萬公里。」

「啊？」

其實今天忘記買麵粉了。他的語氣就是如此輕鬆隨便。無預警從料想不到的地方重重挨了這一記，數百人目瞪口呆。

「就是地球和月亮的距離喔。依照天文台的數據，今天大概是三十八萬公里的樣子。出現約一萬五千公里的誤差。估算的準確度果然頂多只能這樣嗎？」

宙「啪」的一聲闔上筆記本，態度過於灑脫，和驚訝的群眾成為對比。

「那麼，意思是說測量失敗了？」

「這就不見得了。這個誤差算大還算小，就交給各位判斷吧。」

算大？還是算小？

遙在內心複誦，仰望天空。月亮看起來稍微從正南方移動。比宙的計算還遠了一萬五千公里的夜空之王。

這種事不是什麼大問題。遙朝著天空低語。

確實有誤差存在吧。即使如此，宙剛才表演的這場秀，帶給眾人的感動不會褪色。月亮和地球的距離。宙連這種天大的題目都計算出來了。

攤子的食物，去節慶會場就吃得到。戲劇、舞蹈或音樂，只要花錢就能享受。不過，月亮和地球距離的測量方法，是正常生活絕對看不到的節目。正因為是第六十四屆鳴立祭，加上備受幸運之神的關照，才得以造就堪稱奇蹟的演出。

日本與美國——正因為相隔兩地才能實現，宙與遙的鳴立祭。

遙第一次對兩人的距離表達些許感謝之意。

某處再度響起一陣掌聲。宙在畫面另一頭微微鞠躬。

「說來驚人，人類第一次成功測量地球和月亮的距離，是距今兩千年以上的事。古希臘的天文學家喜帕恰斯是第一人。」

兩千年前？日本還在彌生時代耶。

日本人努力製作陶器勤於狩獵農耕的時候，地球另一頭已經有人測量出地球和月亮的距離？

看來，數學家總是站在時代的前端。不過站得太前面了，有時候不被世人理解。

「各位覺得喜帕恰斯為什麼想測量地球和月亮的距離？明明在那個時代別說上月球，連飛上天都是夢想中的夢想。真是不可思議，對吧？」

宙說得有點快，所以遙放下麥克風。她現在想靜靜聽這個聲音。

「我想，他大概是忍不住這麼做。即使知道搆不到，也要伸出手。人們懷著緊張又期待的心情，想像自己和那個場所的距離。」

沒人打岔。這個數學少年的話語，就是如此具備吸引眾人的力量。

「近代的數學家昂利・龐加萊也有人抱著類似的想法。位於宇宙內側，是否能想辦法得知宇宙的形體？這個人摸索過方法。」

龐加萊。

這個名字聽起來好悅耳。上個月，宙在電話裡所提到，「龐加萊猜想」的生父。思維跳脫三次元，擴展到四次元的人。

宙今天當然不提四次元的話題。他以鉛筆扶正眼鏡。

「以前的人類，就像是在動物身上爬行的螞蟻。自己所站的場所是大象的身體？長頸鹿的身體？河馬的身體？還是說，只不過是搖曳的樹枝上……連這種簡單的問題都找不到答案。因為地球很大，宇宙更大。即使沒有任何人知道全貌，也沒什麼好奇怪的吧？」

仔細想想，正常人連地球的整體樣貌，都只看過照片或影片。眾人在不明就裡的物體上，不明就裡地過生活，對於宇宙毫無頭緒也是理所當然。

一陣風響起「咻」的聲音，撫過這個不明就裡的物體。遙按住頭髮與裙子。

「不過，有人無法這樣就滿足。明明只不過是渺小的螞蟻，卻想知道宇宙的全貌。這個人就是偉大的數學家。即使知道宇宙的形體，肯定也完全不知道派得上什麼具體的用場吧，但他非前進不可。我們也一樣。」

遙細細咀嚼宙的話。

「即使『現在』不知道，也沒人能斷言今後一直都是如此。幾年後，幾十年後，或是幾百年後……或許某處的某人找得到派上用場的方法。

「世界，或是命運……在這樣的洪流中，我們無知又無力。就像是由葉子載著，在大河上隨波逐流的螞蟻。今後會前往何處，會面臨什麼事件……我們人類完全無法看透。」

無知又無力……這句話和沉眠在腦海深處的記憶連結在一起。

然後，遙察覺了。

啊啊，原來如此。宙想要傳達這件事。

「即使一無所知，我們也只是想要求知。以摸索的方式，真的就像是慢慢把繩子捲到手邊。」

不知何時，遙下意識地在胸口緊握拳頭。

她知道了。她知道宙究竟在說什麼，究竟在對誰說話。

不是在講「宇宙」這種大格局的話題。是更靠近身邊，更私人的……傳達給特定某人的話語。

「自己在世界的定位，或是人生的意義，不可能在人生當中理解。這種東西是在結束之後才首度得知的，所以大家一邊摸索一邊活下去。因為摸索的過程很有趣，人們才能常保笑容吧？」

宙如此總結，露出微笑，再度朝鏡頭恭敬鞠躬。這次遙也一起向觀眾低頭致意。真希與葵也跟著做。

不知道第幾次的掌聲化為細雨，朝著遙他們灑落。

宙想傳達的東西。無論如何都得說出來的東西。

即使不知道也要前進，是一大樂事。以摸索度過人生，是一大趣事。

遙由衷希望聽美正在觀眾群之中，聆聽宙的這段話。

這一切，彷彿一場夢。

體育館的閉幕典禮結束之後，學生享受餘韻般歡笑著，各自踏上歸途。一時之間像是要玩起擠人遊戲的校門周邊，也終於變得冷清，最後連一個人都沒有。被晚風吹動的紙杯，發出清脆的聲音滾動。

真希與葵尚有一些執行會的工作，還留在教室。翔大概已經回家了。

遙慢慢走在杳無人影的圓環。留在這裡沒有意義，但是一個人回家也挺寂寞的。她悄悄走向靜靜佇立的某個攤位。伸手撫摸招牌，熱氣已經無影無蹤，冰冰涼涼的好舒服。她隱約感覺得到炒麵留下的香氣。

學生汗水與淚水的結晶，到了明天幾乎都會處理掉吧。招牌、拱門、裝飾，全部都會處理掉。遙他們將再度回到日常生活，只把回憶緊握在手心。

遙他們投注許多時間，完成這次的鳴立祭。即使如此，卻完全不留痕跡。鼻腔深處一陣刺痛，遙仰望天空。噙在眼眶的淚水，使得繁星微微搖晃。

就在這個時候，背後忽然傳來腳步聲。遙連忙轉身，一個女生融入黑暗站在那裡。遙嚇得書包差點落地。

「聽美……」

即使搭話，眼前的少女也完全不回應。不是制服，是連帽上衣加牛仔褲的便服。她不時窺視周圍，一副不自在的表情。

「……妳來了啊。」

「嗯。因為秀一叫我來。」

語氣聽起來，真的只像是「因為叫我來，我就來了」。即使如此，聽美還是選擇前來參加。看來不等號翻轉了。

「太好了。秀一也會高興喔。」

「天曉得？」

聽美暗藏玄機般露出微笑，還是一樣難以捉摸。

「秀一他啊，邀我參加鳴立祭就算了，還說『如果有不想遇見的人，我就不會勉強妳』。骨子裡真的很窩囊耶。」

聽美像是天上漂浮的氣球，或者像是海中徘徊的水母，輕飄飄地踏出腳步。她穿越圓環，身體左右搖晃，連帽上衣背部印上大大的「鴻喜菇」三個字，不過遙避免對此表達意見。

某個攤位的旁邊，形成一片特別深沉的黑影。聽美踏入這片漆黑空間，轉過身來。

「大家好像誤會了，我可沒被辰學長拒絕喔。」

「咦？」

遙懷疑自己聽錯。這句突如其來的話如同推翻大前提攤在眼前，遙的腦袋追不上。沒被拒絕？

對於困惑的遙，聽美以朗讀課本般的平淡語氣，繼續說出震撼的話語。

「不只如此，我甚至也沒表白。」

「怎麼回事？」

好不容易重振昏沉的腦袋之後，遙這麼問。校舍部分教室的燈關了，黑暗加深。聽美的表情終於變得模糊。

「朋友拱我表白，這是真的。但是，我沒表白。我做不到。」

此時，腦中散亂的思緒終於開始整理成形。

這麼說來，遙從來沒聽聽美或辰本人提到「表白了」或「被表白了」，始終只不過是聽浩介或秀一轉述。即使只是旁人這麼認定也不奇怪。

而且，仔細想想就可以發現問題。

辰在七月底退休，聽美在九月初拒絕上學，「空白的一個月」的真相還沒查明。解開遞迴關係式太開心，所以遙忘了。她忽略了最重要的事。

「那麼……那些朋友要秀一抽身而退，只是事先講的？」

「好像是。」

聽美一副置身事外的態度，一股憤怒在遙的身體底層抬頭。

妳知道秀一為了妳，內心承擔了多少痛苦嗎？

到底要怎麼做才能像妳一樣，用這麼冷漠的語氣說話？

「聽美，妳……」

「我不懂了。」

聽美像是要打斷遙說話般開口。真摯的語氣重重打下，遙不禁沉默。

「自己想怎麼做，我真的不懂了。我喜歡誰？到頭來，我能喜歡上某人嗎？我確實經常去看棒球社練習，不過，我甚至不知道自己為什麼這麼做。或許打從一開始就沒有原因吧。」

遙嚥了一口口水。聽美語氣始終平淡，卻不是因為她無情。恰好相反。那是一邊克制滿溢而出的情感，支撐著快要崩潰的心，一邊勉強擠得出來的聲音。

遙不知道該如何回應。

「就算朋友幫我，到最後，我還是什麼都做不到。她們建議我試著表白之後的一個月，我想了很多，卻得不到答案。我好像沒有自我意志。因為這樣，造成了困擾。」

微微顫抖的聲音。她沒說造成誰的困擾。即使她不說，遙也知道。

「螢幕上那個戴眼鏡的人說，『正因為不知道未來才有趣』……但我認為他擁有某些決不退讓的東西，才能夠這樣斷言。可是我沒有這種重要的東西。」

聰美再度緩緩踩著影子踏出腳步。看起來刻意朝著更黑更暗的方向走。

「從國中開始練的排球，我也盡可能試著努力……但如果有人問我，這是不是我自己想做的事？我不知道。遙有數學，秀一有音樂。那麼，我呢？我有什麼？」

聰美在棉花糖攤前面停下腳步。

彷彿迷路的少女，不知所措。

是的，正因如此……

「我不知道妳有什麼。可是……」

遙像是輕輕對她伸出援手般說。

「至少，『不表白』是妳自己的意志吧？」

不符合場中氣氛的輕鬆語氣。即使是聰美，也冷不防地吃驚抬起頭。

「妳並不是『沒有自我意志』。像是今天，妳也是自己選擇來這裡的。」

連夜晚的黑暗也要驅逐。遙抱持這個心態，讓開朗的聲音響遍只有兩人的圓環。

「所以，就算有一些不知道的事，也不用在意喔。」

不是口頭上的安慰。遙由衷這麼認為。

沒有自我意志的人不存在。只是自己稍微難以察覺，或是躲起來罷了。聽美肯定也是如此吧。只是剛好找不到自己想做的事。既然這樣，再去找出來就好。停下腳步思考就好。如果迷路，就一起尋找回去的路。遙想成為這樣的「數學屋」。

然而……

「不表白的意志。這麼講聽起來好像很了不起。」

光是遙一個人，不足以融化冰凍的心。

「不過到最後，也只是優柔寡斷。遙，妳太看得起我了。」

「沒那回事啦！」

「有那回事喔。到頭來，『不表白』這種事，任何人都做得到。」

聽美依然背對著遙。遙不禁咬住嘴唇。寄託在月亮的宙的數學，以及遙的想法，都只差一步才能傳達給聽美。

急死了。心急如焚。

「這是任何人都做得到的事，所以和我的意志無關。」

「可是，妳之所以沒能表白……」

是因為秀一吧？遙說到一半緘口。這不應該從外人的口中說出來。一個不小心的話，可能和慫恿聽美向辰表白的那些朋友成為一丘之貉。

嘴巴閉了又開，開了又閉。

反觀聽美，她在濃密的黑影中，靜靜佇立了好一陣子。接著，她看遙將話語的後續吞回肚子之後，像是死心般轉身，朝著正門踏出腳步。

等一下。

即使是短短的三個字，也就這麼鯁在喉頭逐漸消失。

遙領悟了。不行，我救不了她。

無力感在內心抬頭。就在這個時候，意料之外的援軍抵達。

燈光逐漸熄滅，開始和黑夜同化的校舍，一名男學生從校舍方向跑過來。

「啊，果然！這不是聽美同學嗎？」

被叫到名字，聽美停下腳步轉身。晃著書包跑過來的人，是秀一。

「妳來了啊。妳從演奏那時候就來了嗎？」

「不，我剛到。」

幼稚到讓人說不出話來的謊言。到底哪個世界會有國中生是在文化祭閉幕後才來的？不要逞強，講幾句感想不是很好嗎？

反觀秀一，則是說著「什麼嘛，原來如此」垂頭喪氣。這傢伙也太單純了。

聽美與秀一尷尬地沉默下來，視線從對方身上移開。遙一個人乾著急。如今能朝著聽美內心射入光芒的，非秀一一個人莫屬。

秀一，這時候別退縮啊。

「對了！我有重要的事情跟妳說。」

秀一忽然抬起頭，表情認真地這麼說。像是搆得到卻搆不到的焦急氣氛搖身一變，甜蜜浪漫的沉默降臨。「喔，讚喔！」遙暗自欣喜之後，察覺自己處境尷尬。

咦，我待在這裡不太妙吧？

腦中響起避難警報聲的時候，秀一已經開口。

「聰美同學，妳沒參加之前的期中考。這樣下去，升學要用的在學成績打不出來，考高中的時候非常不利。」

秀一語氣凝重，圓環鴉雀無聲，聰美則是面不改色。

內心的期待完全落空，遙差點腿軟癱坐下去。

腦袋的古板程度舉世無雙。秀一果然是秀一。這個男生不可能說出什麼甜言蜜語。這麼一來，不可能打開聰美的心房……

「……不過，在家裡也可以用功。」

遙快要抱頭的時候，秀一一臉嚴肅地說下去。

秀一開始慢慢摸索自己的書包。遙以為他究竟會拿出什麼東西，結果是紅、綠、黃三色各一的厚厚資料夾。配色和紅綠燈一樣，這也很像是重視規範的秀一作風。

遙是這麼想的。不過，秀一遞出三個資料夾，從預測範圍之外放了冷箭。

「這是缺席期間的作業。全部寫完這些，校方會用來取代測驗成績。」

「咦，什麼意思？」

「別問了，先拿去吧。這還滿重的。」

即使聽美露出疑惑的樣子，秀一不容分說塞給她。聽美終於以雙手接過沉重的資料夾。

「我想了很多，思考自己能為妳做些什麼，絕對不是強迫妳上學。如果妳無論如何都不肯上學，這樣也好。產生什麼問題的話，我就全力排除。希望妳選擇自己能接受的路。」

但是無論如何，非得用功才行。秀一正經地補充這句話，對於這樣的他，聽美似乎不知道如何回應，就只是低頭看著手上的三色資料夾。

「難道說，你直接和老師們談判？為了我？」

「我不喜歡走這種鑽漏洞的後門，不過這次是特例。」

國中是義務教育，不上學是不被允許的事。

毫不顧忌講出這種話的秀一，做出這種事？

為了贏取那些「取代測驗成績」的大量課題，不惜低頭拜託？

「怎麼了？什麼嘛，原來你頗能通融耶。」

「遙同學，我之前也說過吧？聽美同學的母親在各方面拜託我幫忙。準備這種備用方案是理所當然的，這是兒時玩伴的責任與義務……」

不過，秀一侃侃而談的高姿態話語，被突然傳來的低調笑聲打斷。過於意外，遙睜大雙眼。

遙覺得自己第一次看到聽美出聲發笑。

「怎麼了？居然在笑，妳這個人真沒禮貌。」
「沒事。」
秀一抱怨，聰美就這麼笑著輕盈閃開。
「只不過，瑣碎的小事已經變得不重要了。」
意思似乎沒傳達清楚，秀一將疑問深刻在眉心成為皺紋。相對的，聰美不想繼續說明。她就這麼扔著秀一不管，改為對遙說話。
「遙，我想起一個我喜歡的東西了。」
「咦，真的？」
「嗯，我甚至詫異為什麼忘到現在。這是我以自己意志喜歡上的東西。」
聰美瞥向秀一。
遺失的寶物，終於回到她的手中。
「這傢伙的鋼琴。」
好美麗的笑容。遙知道，現在的聰美確實面向前方。
聰美無視於大吃一驚的秀一，就這麼抱著資料夾，指著冠上拱門的正門。
「好啦，回去吧。」
「啊，啊啊，嗯。」
過於乾脆的互動。至今的辛苦或糾結之類的事物，彷彿全都沒發生過。兩人並肩踏出腳步。

表現得如此自然，反而令我沮喪耶。我明明也很努力……遙就只是注視著兩人的背影。

「……遙。」

走到正門前方，即將穿過拱門時，聽美像是忽然想起什麼般轉身。默默目送的遙冷不防繃緊身體。

不過到最後，聽美只在瞬間仰望夜空，然後掛著微笑搖頭。

「不，沒事。雖然不是沒事，但還是沒事。」

「……聽妳這麼說，我會很在意的。」

「別擔心。等我找到合適的話語，我就跟妳說。」

這句話的淡淡餘韻尚未融化在冷風之中，聽美與秀一就穿越拱門。兩人的身影朝著高麗山的方向逐漸消失，只留下輕飄飄的奇妙空氣。

這些資料夾還是很重，你拿吧。

黑暗的另一頭，好像隱約傳來這樣的說話聲。遙站在圓環正中央，輕輕看向南方天空。月亮已經移動好一段距離，卻依然在繁星之海大方綻放光輝。

半天後，宙也會看見相同的月亮。時間就像這樣流轉，將相隔遙遠的心連結在一起。

第六十四屆鴫立祭，想必將名留東大磯中學歷史的最棒慶典。

就此結束。

解答、解說：月與宙與遙

「這樣啊。那麼，她又願意上學了嗎？」

透過耳機，傳來宙鬆一口氣的聲音。遙簡短回應「嗯」，手指捲著電腦拉過來的線。

告知「Skype通話中」的畫面，動也不動地繼續顯示視窗。

今天沒有影像。遙沒有視訊通話用的攝影機，宙在鳴立祭當天使用的攝影機，好像也是借來的。

「班上看起來也和暑假前沒什麼兩樣，應該不用擔心了。」

遙朝著嘴邊的麥克風補充說。另一頭只傳來窸窸窣窣的細微聲響。或許宙忘記沒有影像，在電腦前面點頭回應。

鳴立祭結束即將一週，從窗戶看見的樹木，籠罩在夜幕之下黑漆漆的，但遙知道一半以上的樹葉已經凋落。晚風的聲音也莫名尖銳。沙沙的樹葉摩擦聲之中，隱約聽得到夾雜著冬季的腳步聲。

這一週，聽說聽美若無其事正常上學。由於和之前相比毫無變化，反倒是班上同學無所適從。

以聽美我行我素的個性，應該不用繼續擔心吧。因為她原本就不是人際關係出問題。

「真的太好了。聽美同學的問題也順利解決了吧？」

「嗯，都是託你的福。」

「或許吧。不過，也可能不是這樣。」

聽不出來是不是在謙虛的回應。這種難以捉摸的部分也是宙的優點……應該吧。

「但我認為妳幫的忙比較多。」

「我什麼都沒做啦。」

因為，說到我做過的事，就只是解開「心的遞迴關係式」，做好占領舞台的準備，還有主持的工作……咦，我滿努力的？

如此改變心態之後，露出苦笑。遙單手調整耳機的位置。她不經意想起翔昨天對她說的話。

壘球社練習完畢之後，遙走出社辦前往正門的途中，翔又獨自留下來練習揮棒。遙停下腳步，翔也察覺到她，放下球棒，單手粗魯拭去額頭浮現的汗珠。

「聽說，我哥沒被表白。」

「嗯。」

「這應該是正確的作法。與其和那種傢伙交往，別走出家門還比較有意義。」

這男生對親哥哥講得好失禮。

「可是，我聽到的傳聞都說他是好人啊？」

「好人？」翔睜大雙眼，誇張表達驚訝之意，「只是個裝模作樣的傢伙喔。」

裝模作樣的傢伙。這個說法莫名有趣，遙笑了。

這個「裝模作樣的傢伙」，明明做了很大的人情給遙他們。

說真的，遙他們數學屋，肯定會因為占領舞台而被罵得慘兮兮。之所以沒這樣，依照浩介的說法，都是多虧了辰。雖然不知道怎麼做的，不過辰協助安撫了老師們。

真的是超乎常人耶。

遙率直佩服。雖然完全沒交談過……不過光是這樣耳聞的情報，就感覺得到他備受周遭信賴，頭腦精明，稍微高人一等的特質。

他是什麼樣的人呢？想見他一面。這幾天去找他，為這次的事情道謝吧。

遙暗自心不在焉這麼想的時候，翔一臉像是魚刺鯁在喉嚨的表情。

「所以呢？到最後，聰美喜歡秀一？」

「不知道。」遙率直回答，聳了聳肩，「我想，她接下來才要尋找答案。自己對秀一的情感是什麼樣的情感……她應該會慢慢嘗試面對吧。」

「是喔……」

冷漠的附和。不知道是沒興趣，還是單純在耍帥。大概是後者吧。遙擅自猜想。

變得相當寒冷的風拂過頭髮，滲進身體。風的前方，數天前傲然矗立的舞台已經無影無蹤。操場的沙地無限吸引夜晚的黑，無止盡地沉入更黑更暗的深處。曾經是觀眾席的場所，也恢復為平常的大階梯，數名學生懶散走上去。

短暫的非日常，已經被日常取代。

$$A_{n+1}=A_n-f(n)$$

突然間，心的遞迴關係式浮現在腦海。

即使不想上學的心態與日俱增……也只有鳴立祭這個「非日常」綻放特別的魅力，出現在聽美面前。幸福度「A_{n+1}」變大，成為踏向外部世界的原動力。

影響幸福度的，是「上一屆」的記憶。或許去年的鳴立祭發生過什麼好事。遙原本想問秀一，但還是決定不說。

作戰的列車即使脫離預定路線，最後還是抵達終點。光是這樣，遙就滿足了。

「遙，回家吧！」

「啊，嗯。我現在過去。」

聽到班上同學叫她，遙大聲回應。對翔說聲「再見」微微搖手，然後踏出腳步。

翔今天也會練習揮棒到很晚吧。棒球社和壘球社不同，已經確定晉級縣賽。翔自己在地區預賽也在打擊與防守兩方面大顯身手，貨真價實是勝利的大功臣。

他毫不驕傲，更加刻苦地繼續練習。或許是因為只有這個方法，能夠持續驅趕、擺脫擔任隊長的壓力。

下一場比賽，我為你們加油喔。這句話來到喉頭，但是遙到最後莫名不想講，所以吞回肚子裡。

壘球社下次也會贏的。

「該怎麼說……」

不過說來意外，遙準備離開時，翔主動從後方對她說話。遙驚訝轉身一看，翔難得露出開朗的笑容站在那裡。

「宙很厲害，但妳也挺了不起的。」

「這是怎樣，什麼意思？」

「字面上的意思。」

翔沒繼續多說什麼，舉起球棒，再度開始練習揮棒，發出聲音劃破空間的犀利揮棒。

遙默默注視一陣子，最後背對他跑走。

妳也挺了不起的。

現在，遙在房間戴著耳機……試著在心中複誦翔這句話，心不在焉地思考。

我幫了多少忙呢？

各種原因交纏在一起，導致聽美不來上學。然後，各種要素相互產生作用，使得她再度願意上學。

人的心，沒有單純到能夠由別人趾高氣揚地解說。

不過，宙的那場演講，肯定也在聽美內心造成不少震撼。比方說，即使這只是「各種要素」之一，如果沒有宙，秀一的話語也無法成為臨門一腳。

至少，遙是這麼相信的。

既然這樣，我的力量也成為「各種要素」之一嗎？只有這個沒有答案的問題，輕盈浮現在遙的面前。伸手想抓就扭身逃走。

「……我啊，只是打出短打而已喔。」

遙輕聲說出表達心聲的率直想法。並不是遙獨力成功解決別人的煩惱，她只是協助解決罷了。

耳機深處傳來「嗯……」的小小聲音。

「就算這樣，妳也是ＭＶＰ。」

一瞬間，遙無法理解這句稱讚的意思。傳入耳中的ＭＶＰ這個聲音，終於連結到「最優秀選手」之後，思緒也沒能立刻追上。體育用語居然從宙的嘴裡說出來，遙只覺得不對勁。

之前明明連壘球跟棒球都無法區分。

「不過，只打出短打就拿ＭＶＰ，不是很奸詐嗎？」

「沒那種事。Ｂ班的大家肯定也會認同喔，因為妳當時那麼閃耀。」

即使遙謙虛回應，宙也正經八百地否定。一般人光是想到就會發癢難為情的話語，這傢伙也能面不改色說出口。反倒是聽到的人覺得臉上快噴火，這可不是鬧著玩的。

不過，遙當然不是不開心。

「對了，下次要不要全班一起辦個活動？你也一起。」

「我也一起？」

「沒錯沒錯。因為你也是二年Ｂ班的一分子。」

不用說，遙他們的鳴立祭非常成功。班上的營收目標「賣完四百五十份」只差一點才達成……即使如此，當初標榜的「留在回憶裡的鳴立祭」肯定實現了。

正門的拱門大受好評，許多客人拍照紀念。數學屋的舞台也盛況空前。說到唯一的遺憾就是……

遙低頭看向電腦旁邊。立在該處的全班大合照，大家的笑容像是隨時會滿溢而出。

真希望宙也加入這個圈子。

如同要趕走胸口感受到的小小痛楚，遙以開朗的聲音朝麥克風說話。

「你在波士頓，所以沒辦法一起聚會，不過下次利用Skype辦個活動吧。」

「什麼活動？」

「總之就是辦個活動啦。之後再想。」

遙自己都覺得不負責任，不過這樣就好。已經沒什麼時間能夠懶散猶豫了。

四月會重新編班。換句話說，和宙共度的這一班，再五個月就要解散。不，扣掉寒假與春假，實際的期間更短。

而且……說來理所當然，不過遙和宙唯一交集的東大磯中學，遙遲早得從這裡畢業。一年半之後，遙會成為高中生。

真希、葵或是翔，和遙就讀同一所高中的可能性也不是零。或許上了高中之後，四人也會意外地一如往常地一起鬼混。

不過，宙絕對不會加入他們。

逐漸減少。在一秒都不停歇的時間洪流中，遙和宙的共通點與日俱減。和那傢伙的距離越來越遠。

想要增加回憶。即使從現在開始，肯定也不算晚。

因為，兩人確實生活在同一顆地球上。

「嗯，我拭目以待。」

那傢伙愉快的聲音撼動耳膜。好想一直沉浸在這段舒服的時間。

「啊啊，不過在這之前……」

此時，遙想起一件無論如何都要說的事。

「宙，有件事希望你向我道歉。」

「嗯？」宙的聲音在裝傻。遙稍微加重語氣。

「因為你耍詐，害得我現在都還會被班上男生笑。」

突然間，耳機甚至連呼吸的聲音都沒傳來。遙眼中浮現宙愣在電腦前面的模樣。

數秒後，宙終於像是聽懂般，發出「啊啊」的聲音。

「不是耍詐。實際上，只要月亮來到那個位置，就能以我展現的方法計算。」

「可是，並沒有來。對吧？」

「嗯。」

「其實，我現在人不在洛杉磯。」

宙的演講全部結束，如雷掌聲終於止息的時候，宙突然說出天翻地覆的真相。

「剛才的影片，是大地球儀的擁有者，去洛杉磯的時候拍的。我現在在波士頓。」

就像是宣稱「沒有任何手法與機關」的魔術師，在表演的尾聲突然公開手法……遙等人抱持這種心情聽他說明。

仔細想想，月亮的過中天時刻和鳴立祭的結束時刻相同，是無比幸運的事。不只如此，宙的父親出差到洛杉磯的日子，恰巧是月亮往理想方位沉落的日子，如果不是發生奇蹟根本不可能。

所以，位於波士頓的宙，巧妙運用預錄的影片安排演出，讓這一天就像是即時測量地球和月亮距離的絕佳日子。明明不久之前連Skype都不曉得，現在卻已經懂得使用詭計，宙的學習能力與應用能力優秀到令人傻眼。

是的，解答從一開始就算好了。所以測量方位的時候，手法也那麼俐落。

觀眾的笑聲，以及帶著開玩笑性質的噓聲。自始至終和樂的氣氛，使得遙打從心底鬆了口氣。

「抱歉讓各位這麼期待。不過，我不是神。」

同時騙倒數百人的魔術師淡然解釋。

「我是以『如果湊齊理想的條件』為前提來計算，當然，這些條件沒湊齊也能計算，不過在這種狀況，解說會過於艱深，我想應該會有人聽不懂。」

「就算這樣，這種矇混的方式，也不像你的作風喔。」

遙講得有點壞心眼。因為她大致猜得到自己要是這麼講，宙會出現什麼反應。

正如預料，宙沉默片刻之後，輕輕開門邀遙入內。

「那麼，要聽嗎？會講很久就是了。」

「當然。」

遙立刻回答，毫不猶豫取出筆記本與自動鉛筆。雖然沒有影像，不過，總是有辦法吧。

耳機另一頭傳來「好！」的愉快聲音。

「準備好了嗎？」

「沒問題！」

沒人聽得到的真正解說，只有自己聽得到。光是這麼想，心就自然雀躍起來。

窗外，無數的星星與圓圓的月亮朝地面灑下溫柔的光，這正是無論在地球的哪一面，只要入夜就會平等傳達的光芒。

夜空如此明亮。因此，出海划向未來的旅程，究竟有什麼好擔心的？

「聽好囉？首先要加入月亮的方位，查出仰角。」

橫跨美國的土地，甚至越過遼闊的太平洋。宙的聲音確實撼動耳膜。

即使距離遙遠，也希望能永遠一起邁步向前。

遙靜靜豎耳聆聽。

拜託了！數學先生2：
解開少女心的公式
お任せ！数学屋さん2

作者｜向井湘吾
譯者｜張鈞堯
封面設計｜Gladee
責任編輯｜丁寧

國際版權｜吳玲緯　蔡傳宜
行銷｜巫維珍　蘇莞婷　何維民
業務｜李再星　陳紫晴　馮逸華　陳美燕
副總編輯｜巫維珍
編輯總監｜劉麗真
總經理｜陳逸瑛
發行人｜凃玉雲
出版｜麥田出版
10483台北市民生東路二段141號5樓
電話：(02) 2500-7696
傳真：(02) 2500-1967
部落格：http://ryefield.pixnet.net
發行｜英屬蓋曼群島商家庭傳媒股份有限公司
城邦分公司
地址：10483台北市民生東路二段141號11樓
網址：http://www.cite.com.tw
客服專線：(02) 2500-7718｜2500-7719
24小時傳真專線：(02) 2500-1990｜2500-1991
服務時間：週一至週五09:30-12:00｜13:30-17:00
劃撥帳號：19863813　戶名：書虫股份有限公司
讀者服務信箱：service@readingclub.com.tw
香港發行所｜城邦（香港）出版集團有限公司
地址：香港灣仔駱克道193號東超商業中心1樓
電話：+852-2508-6231
傳真：+852-2578-9337
馬新發行所｜城邦（馬新）出版集團
【Cite(M) Sdn. Bhd. (458372U)】
地址：41-3, Jalan Radin Anum, Bandar Baru Sri Petaling, 57000 Kuala Lumpur, Malaysia.
電話：(603) 90563833
傳真：(603) 90576622
電郵：services@cite.com.my

印刷｜中原造像股份有限公司
初版｜2018年6月
二刷｜2020年8月
定價｜300元

國家圖書館出版品預行編目資料

拜託了！數學先生2：解開少女心的公式／向井湘吾著；張鈞堯譯. -- 初版. -- 臺北市：麥田出版：家庭傳媒城邦分公司發行, 民107.06
面；　公分. --（日本暢銷小說；90）
譯自：お任せ！数学屋さん2
ISBN 978-986-344-565-4（平裝）

861.57　　106020914

城邦讀書花園
www.cite.com.tw

ISBN 978-986-344-565-4
Printed in Taiwan.
本書若有缺頁、破損、裝訂錯誤，請寄回更換。